Rebrousse temps

ISBN versions numériques : 979-10-219-0311-1
ISBN version imprimée : 979-10-219-0310-4

Roland Rossero

Rebrousse temps

Du même auteur :

Des «Cary» plein la bouche (récit)
Editions des écrivains – Nouméa, 1998

Contacts (nouvelles)
Editions Le Chien bleu – Nouméa, 2001.

Celle qui parle sans arrêt dans son jardin (nouvelles)
Éditions Le Chien bleu – Nouméa, 2004.
Éditions Noir au Blanc – Carpentras, 2013.

Fondus au noir (nouvelles)
Éditions Grain de Sable – Nouméa, 2007.

Nomade's land (roman)
Prix Popaï « fiction » SILO 2009,
Editions Amalthée – Nantes, 2009.

Arracheur de temps (roman)
Éditions Cinétics – Nouméa, 2011.

Allée simple (roman)
Éditions Noir au Blanc – Carpentras, 2013.

Corps à corps (roman)
Éditions Humanis – Nouméa, 2015.

Écran d'arrêts (roman)
Amazon KDP – Nouméa, 2017.

*À Monique et Roger
qui ont eu la générosité
de me confier leurs souvenirs.*

Trajectoire

Attention peinture flèche !

Dans ce parking du centre-ville, une entreprise de marquage au sol s'affaire afin de redonner du lustre à des tracés de stationnements en épis ternis par le temps, à des places pour handicapés délavées et à des sens giratoires rendus invisibles par le passage de milliers de pneumatiques. L'équipe a presque fini, ne reste plus qu'à peaufiner les extrémités triangulaires des dernières flèches pointant vers l'avenue limitrophe.

Ces motifs dessinés délicatement au pochoir ne sont pas toujours respectés par les automobilistes qui n'ont ni l'envie ni le temps de faire le tour dans le bon sens. Vie moderne trépidante oblige. Le seul qu'ils ont plaisir à suivre est le sens du raccourci. Cela fonctionne souvent lors des heures creuses, on jette un coup d'œil et l'on embraye, faisant fi des bonnes manières.

Cependant, avec un zeste de malchance, on peut se retrouver nez à nez, pare-chocs contre pare-chocs, avec un entrant. Qui, fort de son droit, ne reculera pas d'un centimètre. Au mieux, une marche arrière résoudra ce conflit larvaire. Au pire, de la tôle froissée conclura le duel… En tout cas, il faudra se plier à ce sens giratoire, la société y oblige.

Pour l'heure, personne ne peut entrer ni sortir, des plots en plastique faisant barrage, en attente du séchage complet de la peinture blanche. Tous, automobilistes garés en attente de sortie ou piétons traversant l'aire, respectent la trêve. Beaucoup ont en mémoire leurs coloriages d'enfance sur lesquels ils s'appliquaient, pointe de langue pendante. Ces figures précises d'un blanc éclatant forcent le respect, la discipline et la direction. Nul n'a le cœur à faire baver ces surfaces impeccables. On aperçoit même quelques badauds — le propre du badaud est de s'intéresser à tout et, donc, un rien le captive — marcher lentement, voire s'arrêter, pour admirer la géométrie euclidienne de ces injonctions.

Mais voilà qu'un merle moluque, sautillant joyeusement au ras du sol comme le font souvent les congénères de son espèce en goguette, sème le désordre dans cet agencement millimétré. Il traverse de biais la dernière flèche, encore humide, et imprime une suite aléatoire d'empreintes de ses petites pattes blanchies au sortir du triangle encore poisseux. Même égaré en pleine ville, le petit oiseau laisse agir son instinct et son libre arbitre. Il ira où bon lui semble. Ces petits pas de côté, ces marques de pattes, un poil — une plume ? — rebelles, témoignent de sa liberté. On ne peut rien ordonner à la faune, à la flore ni à la nature en général. Les cages qui enferment, les jardins qui alignent, le commerce et l'industrie qui échafaudent et détruisent, seront toujours impuissants devant l'exubérance tous azimuts du vivant, alliée à la force invincible du temps.

Au diable les trajectoires imposées! Les plantes semées au gré du vent, les animaux sauvages et les hommes en symbiose avec l'environnement sont plus heureux.

Plus libres.

Parole d'oiseau!

POINT DU JOUR

Les gestes sont lents, sans être apathiques, et les pas mesurés, malgré la raideur des genoux. Ce qui n'empêche pas une marche déterminée. Tendue vers un seul but, le même tous les matins. Un morceau de brousse miraculeusement préservé. Un îlet urbain de verdure dans une mer bétonnée.

Un jardin secret.

Dérobé au regard des passants, ce périmètre appartient à Roger, un vieux monsieur qui atteindra bientôt neuf décennies. Presque quatre-vingt-dix ans d'émerveillement devant la beauté du monde, même si une maladie dégénérative de la rétine lui en cache désormais une grande partie. L'imagination et la mémoire pallient ce manque, elles ne sont jamais aveuglées.

Et puis, il pourrait effectuer ce bref parcours quotidien rien qu'à l'odorat, guidé par l'exhalaison des fleurs à l'aube. Averti aussi par le chant des perruches dont il connaît l'emploi du temps et l'emplacement des nids.

Roger a quand même pris l'ascenseur pour descendre du premier étage. Cela ménage ses articulations, et une chute dans l'escalier est toujours à redouter. Il sort sur le bout de parking attenant à la porte d'entrée du bâtiment B de la résidence, nichée sur le versant ouest de la Vallée-des-Colons. Vingt mètres goudronnés à parcourir et les pierres sont là. Elles balisent le début d'un sentier dissimulé. Quelques rocailles amorcent des marches taillées dans la terre par ses soins. Ces degrés permettent d'atteindre son havre de paix, au pied de l'immeuble.

Cinq heures du matin, le quartier est encore assoupi, il ne sera pas dérangé.

Dès les premiers instants de son trajet quotidien, un carrousel d'images afflue à son esprit. Son passé indélébile.

Tous les matins, la figure du vieil Ouli l'accompagne.

Ouli, son mentor mélanésien, son guide. Figure tutélaire du clan de sa mère, il est celui qui lui a appris à regarder. À voir l'invisible.

Là-haut dans le Nord.

Il y a longtemps.

Hier...

Une journée bien remplie

Noueux, tout en muscles et en tendons, Ouli déterre un igname. C'est le tout premier récolté dans son champ. Ce n'est pas un vrai champ, plutôt une parcelle réduite qu'il entretient depuis très longtemps. Un petit coin de cette terre si importante pour chaque Mélanésien. Ses petits-enfants lui ont dit qu'il allait avoir cent ans lors de la cérémonie des prémices qui aura lieu dans quelques jours. Le vieux Kanak les croit. Il n'a jamais vraiment compté, et encore moins depuis le décès de sa vieille.

Son grand âge lui permet tout, il est considéré comme chef, comme ancien, comme détenteur du panier, comme le pilier éternel du clan. Paradoxalement, sa longévité l'a conduit à une vie en solitaire. Il vit toujours nu, du matin au soir. Sauf à la tombée de la nuit, où une de ses parentes lui tend un *manou* qu'il sangle sur son bassin avant de fumer sa pipe et d'échanger quelques paroles avec d'autres membres de la tribu dans un moment de quiétude partagée.

Ce matin, les premiers rayons d'une journée de février, s'annonçant belle et très chaude, caressent son épiderme tanné et recuit, ne craignant plus ni rides, ni écorchures, ni intempéries. La graisse n'a jamais eu de prise sur ce corps rompu aux travaux en pleine nature depuis le plus jeune âge. Chaque jour, il a besoin d'exercice, d'où ses marches vers les plantations à flanc de montagne. Seuls le repos nocturne et les journées cycloniques l'ont vu opérer des replis vers l'intérieur d'une case.

L'unique morceau d'étoffe qu'il porte sur lui est à usages multiples. Ouli le ceint le plus souvent autour de son front, pour retenir la sueur et comprimer la masse encore abondante de sa chevelure. Des tire-bouchons neigeux et denses prolongés par une barbe de la même couleur, tout aussi broussailleuse. À cet instant, la bande de tissu lui sert de *bagayou* protecteur, car ouvrir la terre avec un outil peut s'avérer dangereux. Le troisième emploi sera d'en faire un sac pour transporter l'igname fraîchement déterré ainsi que le taro qu'une de ses petites-filles lui a confié pour son repas de la mi-journée.

Il est parti très tôt ce matin pour rallier son jardin qui est à l'écart de la tribu. C'est un petit lopin qui se situe dans les premières pentes jouxtant la vallée de la Tchamba. Autour du terrain, devenu tabou après plantation, se dresse une barrière symbolique faite de feuilles de cocotiers tressées. Ainsi, aucun mauvais regard ne peut jeter de sort sur les tubercules sacrés. Une fois la mise en terre effectuée, le champ lui-même a un sens et une orientation. La tête du terrain est dirigée vers la pente montagneuse tandis que l'autre extrémité regarde la mer. Cette portion marine est dominée par un bois-de-fer dont les branches sont parsemées de bouts de tissus. Le pied de l'arbre est bordé de cordy-line et de pierres recouvertes de terre, éléments miné-raux en lien avec le soleil et la pluie.

Le vieux se redresse, défait le tissu autour de son sexe et s'essuie le visage avec. Puis, sa maigre silhouette présente l'igname à l'astre solaire tandis qu'un sourire éclatant lui fend la face. Il est temps de redescendre vers le creek. Le tissu en bandoulière enfermant l'igname mâle et le taro femelle en un doux contact, le vieux suit un chemin que ses plantes de pieds entretiennent depuis des lustres. Ça y est, il sent la présence du grand kaori millénaire. Le creek n'est plus très loin. Lorsqu'il passe à côté du tronc majestueux, une brise fait fris-sonner ses ramures. Un salut du grand arbre. Ce même souffle qui, depuis des siècles, essaime ses graines pour constituer une forêt qui fait la fierté des gens de la vallée.

Arrivé près du creek, il se déleste de son maigre bagage et se plonge dans l'eau courante un long moment. Un bain régénérateur qui le lave de toutes les souillures corporelles et spirituelles. Rafraîchi, il s'étend sur la rive et se sèche au soleil. Il ne bouge plus un muscle, c'est une statue couchée qui écoute les bruits de la nature : chant de l'eau courante, bruissement des insectes, risées dans les feuillages, mouvements ténus de la végétation près de son oreille.

Après cette sieste réparatrice que son grand âge réclame, il fouille entre des plantes aquatiques pous-sant au bord de l'eau. Il en sort un *tamioc* et une antique marmite dont l'extérieur est culotté par le feu et l'in-térieur par les cuissons. Il collecte un peu de bois sec et allume un feu grâce à une boîte d'allumettes qu'il extirpe de sa boule de cheveux, tel un magicien. Dès que l'eau bout, il y plonge des morceaux d'igname et de taro, pelés au sabre et brisés à la main. La chair de l'igname est d'un mauve qui s'accorde avec celle, violette, du taro. Leur cuisson est brève, les deux tubercules étant d'une variété tendre. Ce qui arrange sa denture délabrée par les ans. Lors de la préparation, il en profite pour remercier les lutins de la forêt et l'esprit de ses ancêtres. Lorsque les tubercules sont cuits, il vide la majeure partie de l'eau et commence à manger. Il mastique avec respect les premières bouchées d'igname qui doivent lui inspirer les chemins à suivre pour l'année à venir. Une prévision magique qu'il n'oublie jamais lors de ce baptême culinaire. Soudain, l'ombre d'un nuage passe sur ce repas rituel. L'aura solaire, un instant abolie, confirme la naissance attendue du tubercule. Ouli sourit et termine ses agapes.

Il lave la marmite dans l'eau du creek, l'essuie et la replace dans son écrin végétal avec le *tamioc*. Promue garde-manger, la portion de tissu fait de nouveau office de sac en enrobant un dernier morceau d'igname cuit et non consommé. Il est temps d'aller visiter les anciens dans la grotte. Sa grotte. Il entame une remontée vers ce lieu sacré, un itinéraire fait de méandres qui en préservent le mystère. Pendant le trajet, au cours duquel il s'arrête plusieurs fois pour souffler, face à la déclivité, il songe que le temps de la transmission est venu. La prochaine fois, il s'y rendra avec un jeune métis — fils d'une femme de son clan, mariée à un Blanc — qui vient chaque soir lui parler ou simplement le saluer et se tenir un moment avec lui. Ce jeune homme est une symbiose entre le monde des Blancs et son clan. Ouli ne voit pas d'autre proche plus digne de cet honneur que lui.

Et soudain, l'immense entrée de la grotte est devant lui. Malgré sa taille, elle est dissimulée au regard d'un éventuel randonneur jusqu'au dernier instant. Depuis des décennies, la grotte et ses deux locataires n'ont pas d'autres visiteurs que le vieux Ouli. Il y pénètre et laisse le temps à ses yeux de vaincre l'obscurité. Au bout d'une quarantaine de mètres, un puits de lumière lui signale l'emplacement des sépultures. Gardiennes immobiles de l'endroit, les deux *momies* reposent sur des amoncellements de pierres plates. Comme endormies sur leur autel respectif, elles ont été ficelées, il y a longtemps, avec de fines racines de banian tressées, puis enduites de la sève hémostatique d'un arbre que les ancêtres appelaient *embro*. Une sève capable de sécher et de tanner la chair de ces *mémoires*. Ouli fixe ce grand chef et son sorcier, détenteur du secret des plantes qui soignent et qui tuent. Les deux momies sont encore revêtues par endroits de liens végétaux et de morceaux de tissus aux couleurs passées. Il les contemple un long moment, puis s'assied au bord des lits de pierre. Il dépose le morceau d'igname en offrande entre les deux stèles naturelles et reste là, immobile, oubliant le temps.

La lumière du puits rampe lentement sur le sol. En milieu d'après-midi, elle se déverse comme un projecteur sur les deux momies. Le vieux lève les yeux et en observe la source : une bouche étirée, bordée de fougères arborescentes dont les frémissements font danser la frange du halo. Son regard revient sur les deux anciens. Il admire les nombreuses orchidées ayant poussé dans l'humus qui entoure les pierres plates. La lumière, magnifiant leurs contours, les mue en ornements. Au milieu du massif floral improvisé, une pousse de fougère apporte sa touche de vert tendre. Elle n'existait pas la dernière fois qu'il est venu échanger avec les anciens. C'est un signe. Il comprend.

Le halo lumineux poursuit sa trajectoire et s'affaiblit. Il est temps de redescendre dans la vallée. Le soir, un manou chamarré noué autour de la taille, Ouli fume tranquillement près de sa case. Le dos appuyé contre la cloison en niaouli, il attend Roger, son jeune parent par alliance. Celui à qui il va confier son secret. Celui qui va l'accompagner dans sa future demeure.

Bientôt. Là-haut.

Avec les deux anciens.

Dans la montagne.

CAFÉ

Au début, la descente sur les marches irrégulières est laborieuse, la pente est malaisée et rendue glissante, certains matins, par la rosée. Les derniers degrés sont soutenus par de courtes planches. Malgré la lenteur de son déplacement, le vieux monsieur descend la rampe d'une traite. Il a gardé une aisance de chèvre. Il progresse nu-pieds et ses callosités sont des antidérapants précieux. Le sentier devient enfin horizontal, parking, rue et béton ont complètement disparu.

Roger est à présent chez lui.

Il n'est vêtu que d'un short de toile bleue et d'un tricot de peau gris clair. Sa chevelure courte, encore drue, est blanche, comme la fine moustache qu'il porte avec élégance. La peau du visage est tannée. Ses rides d'expressions sont des courbes de niveau du temps écoulé. Il dépasse un bougainvillier violet et touffu, marquant l'entrée du jardin. Il en hume une fleur offerte et s'arrête.

Cette première halte lui permet de souffler un peu. C'est aussi l'occasion de saluer un unique plant de café, cajolé par ses mains vertes.

Il a planté ce caféier dès son arrivée dans la copropriété. Plus pour la beauté des fleurs blanches que pour une minuscule récolte. Ce plan vient de la côte Est, de Poindimié exactement.

Cet arbre qu'il vénère est hautement symbolique. Sans café, il ne serait pas né ici, en Nouvelle-Calédonie. C'est le café qui a poussé ses grands-parents maternels, Léon et Marie, à quitter leur Picardie natale. Ajouté à la propagande métropolitaine d'un gouverneur, partisan acharné du peuplement de ce bout d'Océanie.

Sans les grains de cet arbuste, pas de graine semée dans le ventre de sa mère. Il ne serait jamais sorti du néant. D'ailleurs, il s'est toujours senti vivace, tonique, plein d'énergie, comme cette boisson.

Quelques cerises sont en formation, il en caresse une du bout des doigts.

Ce geste le transporte presque cent vingt ans en arrière.

En 1898...

CREEK

Malgré son immense lassitude, Léon est au bord du fou rire. Sept semaines auparavant, lors de leur embarquement à Marseille à bord du *Ville de La Ciotat*, il n'aurait osé imaginer pareille arrivée.

À dos d'homme !

Tout comme son épouse Marie, quelques mètres derrière lui, il se trouve juché sur le dos d'un indigène lui faisant traverser une rivière. Un « creek », comme on dit ici. À cheval sur un Canaque robuste qui le trimbale avec facilité. L'homme est nu, à part un cache-sexe tressé. De l'eau à la taille, il avance avec assurance dans le courant. Léon a l'impression de retomber en enfance, quand il jouait au tournoi médiéval avec ses copains du village. À trente-six ans, cette position de cavalier, quoique confortable, lui semble grotesque, d'où l'envie de rire. Cependant, il l'a acceptée sans difficulté, ses bottes en cuir, suspendues autour du cou, et son pantalon de costume remonté sur ses mollets de paysan ne souffriront pas de la crue. De plus, la fatigue accumulée depuis leur départ l'a rendu docile. Il n'a pas résisté lorsque le jeune homme lui a enjoint, par gestes, de le prendre pour bête de somme.

Le lit de la rivière, rendu large par un orage en amont, est le dernier obstacle avant de découvrir leur nouvelle terre. Leur nouveau « chez-soi ». Il sent Marie impatiente aussi, derrière lui. Le dos musculeux du Canaque tangue, le berce presque, il a envie de dormir, de se laisser aller, de glisser dans un songe, un sourire d'ange aux lèvres tel un nouveau-né repu. Un tangage n'ayant rien à voir avec celui qui les a accompagnés lors du long voyage en mer…

La mère de Marie était contre cet exil — elle avait employé à dessein ce mot si définitif —, mais sa fille avait suivi Léon, son homme pour le meilleur. Le pire étant exclu de son vocabulaire. Le plus dur avait été de laisser temporairement leurs quatre enfants chez un oncle, frère de Léon. Trois jeunes fils et une aînée, à l'abri dans leur Picardie rurale en cette fin du XIXe siècle, en attendant l'installation des parents dans ce pays lointain que le gouverneur avait qualifié de Cocagne, voire d'Éden. Le futur passe par le filtre du café, ce nectar qui a bâti des fortunes, forgé des dynasties en Amérique du Sud et en Afrique, notamment. Finis les cultures aléatoires, les rendements chiches près d'Amiens. À eux les grands espaces vierges sous les Tropiques où la vie est douce, le soleil généreux, où l'avenir sourit aux audacieux. C'étaient leurs pensées à tous deux, sur le quai, à Marseille, avant d'embarquer sur le *Ville de La Ciotat*. Marie en troisième classe et Léon en quatrième, par souci d'économie, et par galanterie aussi.

Après deux premiers jours calmes, la météo ayant été clémente et le pont du navire un balcon spectaculaire pour couchers de soleil, la houle avait forci, le roulis avait imposé sa dure loi et le mal de mer avait cloîtré chacun dans son entrepont respectif. Des souvenirs pénibles et un moral en berne que seules la joliesse et la découverte des escales aux noms exotiques — Port-Saïd, Colombo, Adélaïde — avaient peu à peu effacés. Léon avait remarqué quelques regards dédaigneux de la part des fonctionnaires de la Colonie présents à bord. Une caste étriquée que salaire indexé et sûreté de l'emploi ont toujours confinée dans la mesquinerie. Marie et Léon, solides dans leurs bottes, les avaient rapidement ignorés. Ils n'avaient qu'un seul but, toucher au plus vite cette terre d'espoir. Où leurs bras infatigables et une volonté farouche ne pourraient qu'engendrer de la richesse et du bonheur…

Léon ouvre les yeux, la rive se rapproche. Il se tourne et voit Marie assoupie, la tête reposant sur l'épaule de sa monture humaine. Il sourit à ce tableau. Derrière, cinq autres porteurs peinent sous la charge de leurs malles. Il pense à Stanley, l'explorateur anglais dont il a lu, dans une gazette picarde, le récit de voyage au Congo à la recherche du missionnaire Livingstone. Des écrits, enjolivés par la plume d'un journaliste, qui l'avaient fait rêver. Il ne peut s'empêcher de ressentir une certaine fierté devant sa propre aventure qui débute par une traversée cocasse à dos d'homme.

Dès le lendemain de leur arrivée au port de Nouméa, le Gouverneur les avait accueillis brièvement, quoiqu'avec chaleur. Tout en leur vantant des terrains où il n'avait jamais mis les pieds. On leur avait attribué le lot Saint-Pierre, dans la vallée d'Amoa, sur la côte Est, dans la commune de Poindimié. Des noms sibyllins, inscrits sur une carte, auxquels il fallait à présent donner une réalité. Après quelques conseils pour des achats indispensables et quelques formulaires administratifs à remplir, un caboteur — le *Tour de Côte* — les avait emmenés à destination. Pas mal de sauts de puce avec une mer agréable sur laquelle soufflait un vent soutenu. Les bien-nommés «alizés» qui avaient tempéré l'atmosphère, après l'étouffante moiteur de la capitale. Les petites escales leur avaient permis d'admirer la luxuriance de la végétation, la variété des couleurs. De toute évidence, le passage du bateau représentait un événement important pour les habitants. Pas de routes, seulement une voie maritime pour un ravitaillement régulier. Léon avait tout de suite compris l'importance de ce lien à vapeur.

Le 9 juillet, ils avaient touché le débarcadère d'Ina. Une date fondatrice pour leur famille, pour leur nouvelle vie aux antipodes. Le jour commençait à baisser et un colon voisin, prévenu de leur arrivée, les avait pris en main. Encore un peu de marche avait été nécessaire. Et, maintenant, la fameuse traversée…

Léon vient de se faire déposer sur la rive opposée. Il remercie vivement son porteur qui rit comme ses congénères devant cette manifestation dont ils n'ont guère l'habitude. Leurs bagages sont regroupés sur la berge et d'autres indigènes, qui travaillent pour leur «voisin», s'apprêtent à prendre le relais. Marie est debout, immobile au bord du creek. Elle regarde le fil de l'eau, frontière en mouvement dans ce crépuscule qui rend le ciel mauve. Elle n'est pas triste, même si, déjà, ses quatre enfants lui manquent terriblement. Elle semble au contraire attendrie par tout ce chemin parcouru depuis la gare d'Amiens. Remuée d'avoir traversé le miroir, d'être allée de l'autre côté. Pour de bon.

Ému lui aussi, Léon s'approche d'elle. Ces deux-là s'aiment, il le faut pour accomplir un tel voyage dans l'inconnu. Il lui touche affectueusement l'épaule. Elle tourne son visage vers lui, prête à un baiser, lorsque brusquement Léon disparaît. Il vient de glisser sur le bord détrempé et s'étale dans un grand plouf! Marie s'esclaffe ainsi que tous les porteurs. Certains sautent dans l'eau pour rejoindre Léon qui, après un instant de stupeur, libère également sa bonne humeur. Le fou rire est général. Marie entre à son tour dans l'eau, elle éclabousse son époux. Chahutant comme des enfants, ils sont trempés, détendus, heureux. Dans ce gag, digne du tout récent cinématographe, ils voient tous deux un signe du destin. Boire la tasse au sens propre avant de la remplir avec ce café si prometteur…

Les voilà littéralement baptisés.

Dans la joie!

Par leur tout nouveau pays.

Roger laisse le plant de café derrière lui et fait quelques pas. Il embrasse du regard son bout de Calédonie. Il a le même sourire que lorsqu'il parcourait les belles montagnes sur lesquelles s'adosse la vallée d'Amoa. Tout jeune, il était déjà indépendant et volontaire. Il voulait, à cette époque — tout comme maintenant —, apprendre et comprendre la nature en profondeur. La faune l'émerveillait : les abeilles, les roussettes, les perruches, les corbeaux, les cerfs, les crevettes. Le banian blanc et le banian « poilu », grand consommateur de gaz carbonique avec ses centaines de racines, n'avaient pas de secrets pour lui. Pas plus que tous les arbres et les plantes exposés à sa vue, à son odorat, et recensés par son mentor, Ouli. Sans parler de l'élément primordial pour la vie. L'eau sous toutes ses formes : pluie, ruisseau, creek, chute et mer — ce réservoir de vie et de légendes où il adorait se plonger...

Dans ce lopin muséal, en bas de son appartement, il a planté un mesclun commun, alternant avec des touffes anarchiques d'herbe « buffalo ». Un mélange de plantes endémiques et aussi des graines apportées par *les deux branches métropolitaines de sa famille. Comme ces quelques plants de navets et de pommes de terre qu'il cultive avec amour, juste à côté de deux ou trois tubercules de manioc ombragés par un papayer.*

Il se baisse et ramasse le tuyau d'arrosage, car, ces derniers temps, les pluies se font rares sur la ville. Le bruit de l'eau giclant sur la terre craquelée, puis courbant des herbes folles, lui rappelle le chant des creeks où des mousses flottaient comme des chevelures de femmes dans le courant. Il en recueillait souvent pour leur formidable pouvoir cicatrisant sur les coupures et les plaies. En brousse, le sang fait partie du quotidien chez ceux qui cultivent.

C'est un engrais comme un autre...

ÉCRITURES

« 20 octobre 1898

« Chère mère,

« Léon s'est entaillé la cheville avec un tamioc, en fin d'après-midi… »

Marie débute toujours sa lettre par une anecdote. La plume court facilement sur le papier, elle a tant de choses à dire, à raconter à ceux qui sont restés là-bas ! Avec Léon, ils ont commencé à écrire dès les premiers jours, pour penser à autre chose, pour repousser la fatigue et la déprime, pour effacer leur isolement. Ce soir, Léon s'est couché, harassé par le débroussaillage des lantanas dont la prolifération et la luxuriance sont si difficiles à endiguer. D'où l'entaille assez profonde que Marie a soignée avec l'aide d'une vieille de la tribu. *« Après s'être éclipsée en forêt, la vieille femme est revenue avec une poignée de mousse qu'elle a posée sur le pied de Léon et, trois heures après, la plaie n'y paraissait presque plus. »*

Demain, complètement remis de sa blessure, la page d'écriture sera pour lui. Jour après jour, le couple façonne un roman-feuilleton avec ces lettres si précieuses qui vont rester leurs témoignages, leurs mémoires, même si tous deux ne s'en doutent pas encore. Écrire est un moment privilégié, une parenthèse apaisée, un lien indispensable avec la famille métropolitaine. Avec leurs quatre enfants, surtout, si éloignés de leurs bras… Seul un travail acharné en journée leur permet de ne pas trop y penser. Marie écrit à sa mère, pour la rassurer, et Léon à son père, pour lui parler de cette nouvelle terre, de ces nouvelles plantes, de ces fruits inimaginables, il y a peu…

Dans un premier temps, les choses ont semblé faciles. Tout pousse, à l'instar des graines apportées dans leurs bagages. Comme ils ont débarqué en saison fraîche, le climat leur est agréable. Avec un potager métro-canaque rapidement mis en chantier, ils sont vite autosuffisants, après les premiers défrichages sur ce terrain fertile. Des fruits inconnus pour eux, délicieux de surcroît, poussent en abondance et naturellement. Il n'y a qu'à tendre le bras. La tribu qui leur a cédé sa terre est accueillante. Elle déménagera bientôt, cédera la place, mais les côtoie pour l'instant. Et c'est tant mieux, car ils ont beaucoup à apprendre de ces gens.

Le couple picard campe, en attendant mieux. Il est aussi aidé par ses « voisins », des colons, distants de plusieurs kilomètres. Des familles, des couples encore sans enfants ou des hommes célibataires, arrivés avant eux et qui connaissent la marche à suivre, les choses à éviter. Tous sont venus pour planter du café et tous sont optimistes. Léon et Marie regrettent d'avoir apporté si peu d'ustensiles avec eux, car pour se procurer des outils onéreux et de médiocre qualité, un long voyage à Nouméa est nécessaire. Si les Canaques, les *tayos* comme on les appelle ici, leur paraissent sympathiques, voire attachants, ils s'étonnent de leur nonchalance confinant à la paresse, sourient de leur absence de coquetterie — ils vivent nus ou avec un simple morceau d'étoffe —, de leurs horaires élastiques, tout en admirant leur robustesse et leur endurance lorsqu'ils «travaillent». Les hommes sont musclés et… beaux — dixit certaines femmes de colons entre elles — et les jeunes *popinées* aussi — réflexion masculine générale. Par contre, cette communauté blanche importée se méfie des anciens bagnards louant leurs services sur cette côte.

Marie, comme Léon, aime autant écrire que lire. Ce sont leurs seuls loisirs après une journée de labeur. Mélangés à l'odeur de l'encre, les arômes de la cellulose d'un livre ouvert, d'une enveloppe déchirée au coupe-papier, ont toujours fasciné Marie. Elle s'y connaît peu en parfums, elle n'a jamais usé de ceux qu'on voit dans les vitrines. Superflus et, surtout, trop chers. Elle se demande si quelqu'un a pensé à emprisonner la senteur enivrante du papier… Écrire à la bougie ou lire des revues arrivées par courrier sont vraiment des distractions vespérales indispensables. Le courrier postal — par l'intermédiaire du bateau le *Tour de Côte* — est leur seul lien avec la France. Un lien distendu, le caboteur n'apportant rien pendant un certain temps ou, au contraire, leur délivrant une quantité importante de missives. Sur lesquelles des larmes de joie coulent, brouillant la première lecture…

Ils ont bientôt une petite case en dur, construite de leurs mains et avec l'aide des colons voisins. Ils peuvent désormais rendre les invitations de ces derniers. Afin d'acheter deux vaches, un veau et un cheval, Léon a dû effectuer un déplacement périlleux. Se rendant à Koné, sur l'autre côte, il a fait une chute spectaculaire — heureusement sans gravité — dans une ravine. Les Canaques l'accompagnant l'ont tiré de ce mauvais pas en riant et cet incident a rempli la majeure partie d'une lettre pour son père. Achat de cochons et création d'un poulailler pour la chair et les œufs sont venus compléter leur installation. Léon ayant construit un four à pain par souci d'économie, celui-ci s'avère très rentable, car les indigènes raffolent de cette pâte cuite. Ils sont aussi friands d'alcool. Comme tous les colons, Marie et Léon tiennent commerce avec les Canaques et cela rapporte gros. En tant que ruraux débrouillards et habiles, Marie et Léon sont gâtés par rapport à certains colons fraîchement débarqués, peu manuels et qui ignorent tout de la terre et de sa culture. Même munis d'un capital financier plus important, ces amateurs sont vite dégoûtés.

Dans les trois lettres arrivées en même temps hier, Marie a découvert des photographies récentes de leurs quatre enfants. Elle consacre un grand paragraphe à commenter les clichés — ils grandissent si vite — ainsi qu'à leur prodiguer tout son amour. Avec Léon, ils pensent être assez à l'aise avec leurs récoltes vendues d'ici une année pour les faire venir. Une des lettres, pourtant, leur a causé du tracas, un notaire indélicat en France les spoliant d'une somme d'argent sur laquelle ils comptaient...

« 18 septembre 1899

« Cher père,

« Marie a accouché dans la nuit, vous pouvez annoncer à André, Raoul, Eugène et Yvonne qu'ils ont un petit

frère que nous avons prénommé René. Je suis très heureux de cet événement. Nous reconstituons une famille… Marie, malgré une grossesse sans problème, me semble fatiguée. Son âge, sans doute, et les températures élevées de la saison chaude et humide — qui se situe en hiver pour vous — qu'elle a subie en début de grossesse. »

L'air préoccupé, Léon écrase un moustique gonflé de sang sur son avant-bras. Ces insectes sont sans pitié et porteurs de fièvres. Il est content d'avoir investi dans une moustiquaire solide, achetée à Nouméa. Marie ne doit pas être piquée, elle est encore faible et ce serait dangereux pour le bébé…

Les moustiques sont arrivés avec la saison des pluies. La pluviosité abondante prend la forme de grains violents qui freinent le travail aux champs et gonflent la rivière. La deuxième année a été plus dure à vivre. Les graines de café ensemencées étaient de mauvaise qualité et ont tardé à donner des cerises. De toute façon, les récoltes de café rapporteront peu, compte tenu du travail demandé. Le paradis a perdu peu à peu de son aura. Le défrichage est un éternel recommencement, les bobos physiques s'enchaînent et les corps récupèrent moins vite qu'en métropole.

Léon et Marie s'acharnent, cependant, en essayant de nouvelles plantations et en variant leurs cultures. Léon a même planté des banians « caoutchouc » dont il est fier, et Marie des fleurs dont les bouquets égayent la case. La courtoisie et le bon sens de Léon sont appréciés par sa communauté qui l'a élu « édile en chef » de la commune de Poindimié. Un poste ersatz de maire qu'il prend très au sérieux lorsqu'il est amené à résoudre les problèmes communautaires.

Il apprend à connaître les *tayos* et participe à des *coutumes*, certes hermétiques à son esprit occidental, dont il comprend cependant l'importance. L'impôt inique de capitation — 15 francs par indigène — et l'attitude des frères maristes, anti-colons et profiteurs des Canaques d'après lui, le font monter au créneau. D'autant plus que la position vis-à-vis de la capitation, entre les différentes tribus, s'avère opposée. Ces divisions, entretenues par les religieux, fomentent des guerres intestines. Soucis d'argent, récoltes ne tenant pas leurs promesses, journées fatigantes se répètent.

Et maintenant, ce bout de chou…

Léon termine sa lettre par une formule pleine d'affection pour son père. Il entend Marie pleurer doucement sous la moustiquaire. Malgré le vrombissement des moustiques qui s'agglutinent autour de la lampe à pétrole, Léon reste encore un peu sur la terrasse avant d'aller la rejoindre et de la consoler. Ils savaient tous deux que des épreuves les attendraient, mais n'avaient pas envisagé celle-ci. Il revoit la vieille *popinée*, qui a aidé Marie lors de l'accouchement, lui poser l'enfant dans le creux des bras.

Son petit René, à la peau si mate…

Aux cheveux sombres si abondants et drus...

Pour un nouveau-né !

*R*oger s'assied sur un tabouret, fait de sa main, placé au milieu du jardinet. De là, il voit pratiquement toutes ses modestes plantations. La position assise en fait aussi un lieu de méditation. Le corps est au repos et l'esprit vagabonde. Un moment de solitude qu'il aime, alors que, toute sa vie, il a vécu en groupe et recherché les rencontres. Il lui arrive encore d'aider les visiteurs de l'Acapa, située tout près, à porter leurs sacs, malgré son grand âge et la difficulté qu'il a lui-même à se déplacer.

Il n'a jamais eu à se forcer pour ces contacts. De tout temps, les broussards se sont serré les coudes, les ethnies se sont mélangées, les équipes au travail se sont aidées mutuellement et les familles ont été nombreuses. Il est d'ailleurs le quatrième d'une fratrie de quatorze enfants.

Un éclat de voix, en haut, dans la rue. Il reconnaît la stridence des cordes vocales de la femme kanak, un peu dérangée, qui arpente souvent les rues du quartier. Très matinale aussi, elle traîne un cabas à roulettes derrière elle, toujours en demande d'une pièce jaune, d'un bonjour ou d'un café. Ce qu'elle quémande, en fait, c'est un brin de conversation, un peu de chaleur humaine, une main tendue...

Lorsqu'elle est à portée de sa vue, Roger accède volontiers à sa requête. Il l'invite même à entrer dans la résidence, à monter chez lui pour lui offrir tasse roborative et parlotte indispensable. Malgré des regards parfois courroucés de certains copropriétaires...

Il n'a pas à se forcer, car cette femme seule et âgée lui fait penser à sa mère Eugénie. Cette maman tant aimée qui a gardé jusqu'à sa mort le secret lié à sa naissance et à son métissage. Roger ne l'a découvert que fort tard — il avait la cinquantaine — grâce à des recherches dans les archives métropolitaines, doublées de questions à sa branche picarde, longtemps muette sur le sujet.

Alors, comment refuser de faire un geste en direction de cette femme mélanésienne qui fait partie du paysage en abordant, voire apostrophant, tous les passants qu'elle croise.

Comment pourrait-il agir autrement ?

Lui qui, de plus, a du sang kanak.

Coulant dans ses veines...

Depuis toujours !

MÉTISSAGE

*O*ctobre 1906

Le jeune garçon siffle et martèle le sol avec ses pieds, imitant le rythme des bambous frappés. Si ce n'était sa chemise et son short, on le prendrait pour un petit *tayo* avec sa peau caramel. Dès l'aube et dès qu'il a une heure de libre, René passe son temps à courir en forêt, à faire le va-et-vient entre la nouvelle belle maison de ses parents et les cases de la tribu. Intrépide pour ses sept ans, toujours à demi nu, il court les creeks et la brousse dès que possible. Il a peu de goût pour l'école, ce lieu d'enfermement. Il s'y rend pourtant, ne voulant pas déplaire à maman Marie qui est devenue institutrice. L'année dernière, une petite sœur est née, Eugénie. Il l'adore et se promet de l'initier à ses jeux buissonniers sitôt qu'elle sera en âge de le suivre. Eugénie a la même couleur que lui et ses cheveux tire-bouchonnant sont aussi noirs que les siens. Une vraie *popinée*. René parle français avec papa Léon et maman Marie. Il a l'impression d'avoir plusieurs mamans, car, à la tribu, on le dorlote et on lui parle un langage qu'il comprend. Là-bas, il a plein de tontons et de tantines qui lui distribuent des fruits à longueur de journée. Maman Marie et papa Léon lui ont aussi montré des photos de trois grands frères et d'une grande sœur qu'il n'a jamais vus en vrai. Ils habitent trop loin. René les trouve drôles, immobiles et habillés comme pour aller à la messe.

Encore un endroit où il n'aime pas être enfermé…

Assise sur la grande terrasse de leur maison — celle dont elle rêvait dès leur arrivée, il y a huit ans —, Marie, admirative, regarde son garçonnet danser et siffler avec beaucoup d'entrain. Son petit métis chéri que Léon a accepté sans problème. C'est un homme bon et intelligent qui lui a tout de suite pardonné ce faux pas charnel. Comment résister à l'appel du corps sous ces chauds tropiques où les natifs vivent dans le plus simple appareil ? Ce jour-là, après des heures de travail en plein soleil, elle se baignait dans le creek qui parcourt la propriété. Le jeune et beau *tayo* l'avait regardée avec fascination. Une envie irrésistible les avait submergés… Léon avait lui aussi cédé maintes fois au désir qu'inspiraient les jeunes filles de la tribu. Une attitude courante chez les colons, et plus ou moins acceptée par les épouses officielles. Le produit de l'une de ses fredaines babille derrière Marie. La petite Eugénie marche à quatre pattes, un gazouillis joyeux et permanent sur les lèvres. Marie et Léon sont fiers de leurs deux enfants, sur qui ils peuvent déverser leur trop-plein d'amour. En attendant la venue, toujours repoussée, des quatre autres restés en France…

Les résultats agricoles espérés n'ont jamais vraiment été au rendez-vous. Les récoltes ont été trop chiches ou partiellement détruites par les cyclones et les dépressions fortes. Démoralisés après tant d'efforts, Léon et Marie sont prêts à vendre, alors que leur belle maison est enfin édifiée. Cependant, ils n'ont pas assez de ressources pour rassembler, dans un sens comme dans l'autre, leur famille écartelée. La perspective d'un retour se heurte à plusieurs raisons : ils aiment la vie ici, même si elle s'avère rude, et une certaine fierté les oblige à continuer, à lutter encore. Ajoutée à d'autres décès familiaux en France, la mort du père de Léon vient assombrir l'horizon du couple. Heureusement, Eugénie et René, eux, tempèrent par leur joie de vivre ce nouveau coup du sort.

Léon sort à son tour sur la terrasse et s'installe à côté de sa femme. Remarquant la danse endiablée de René, il prend la main de Marie et y dépose un baiser.

10 octobre 1909

Du haut de ses dix ans, René comprend la détresse de son père ainsi que la mine triste de toutes les personnes qui ont défilé depuis hier. C'est pourquoi il s'occupe de sa petite sœur qui, à quatre ans, ne se rend pas compte. Lui même a du mal à imaginer qu'il ne reverra plus maman Marie. On lui a dit qu'une chose lui avait dévoré le ventre, d'où son alitement et ses gémissements depuis quelques semaines. Il est allé l'embrasser ce matin, elle paraissait dormir paisiblement dans une belle robe blanche qu'il ne lui avait jamais vu porter. À un moment, René a cru voir bouger un bras de sa mère.

Ce n'était qu'Eugénie qui, après s'être faufilée au milieu des jambes adultes, tirait sur le tissu de la robe. Lors de ce petit incident, les pleurs, presque hurlés, de papa Léon l'avaient transpercé. Il a vite récupéré sa sœur, aidé par une tantine de la tribu. Il n'a jamais vu son père dans un tel état. Il a surpris des bribes de phrases chuchotées qu'il n'a pas bien comprises : « … *inconso-lable !* » « … *au bord du suicide…* ». Il décide d'emmener Eugénie jouer près du creek où l'eau chante, nuit et jour, malgré le malheur des grands.

1920

Ce matin, Léon est allé se recueillir sur la tombe de Marie. Une habitude qu'il a prise pour venir lui annoncer les nouvelles importantes. Comme il ne peut pas lui écrire, il vient lui parler. Au début, ravagé par sa mort et son pesant veuvage, il ne faisait que fondre en larmes, prostré sur la stèle. Puis, pour Eugénie et René, il avait recommencé à survivre, s'enfermant dans le travail et l'amour pour ses deux derniers.

La première grande nouvelle posthume pour Marie avait été l'arrivée de Raoul et d'Eugène en 1912, puis d'Yvonne, deux ans plus tard. Le retour, longtemps inespéré, pour trois de leurs enfants métropolitains que Marie n'aura jamais pu embrasser autrement qu'en photos après les avoir quittés. Captivés par le pays à leur arrivée, comme Marie et Léon l'ont été quinze ans plus tôt, les trois aînés ont pris sous leurs ailes leur demi-fratrie. Ils ont fermé les yeux sur leur couleur et ouvert grand leurs cœurs aux deux petits Calédoniens.

Ce matin, Léon est venu dire à Marie qu'un quatrième enfant — une petite Léontine — est né, il y a huit jours, de son union avec Claire, la jeune veuve qu'il a épousée avec la bénédiction de ses grands enfants. Le temps efface presque tout. Les années défilent, la famille recomposée s'agrandit et la Métropole s'éloigne irrémédiablement. Léon passe toujours voir Marie. Ils resteront à jamais les deux pionniers indissociables.

Pour la naissance de cette petite dernière, un grand repas est prévu à midi, regroupant les membres de la famille, les amis fidèles et des membres de la tribu qui les ont toujours accompagnés lors des bons comme des mauvais moments. Tous les présents de la famille, du bébé au patriarche, savent inconsciemment qu'ils reposeront un jour près de Marie.

Ils seront tous enterrés ici.

Chez eux.

THÉ

À côté du plant de café, une touffe de thé sauvage pointe sa chevelure ébouriffée. Coincée entre deux blocs de l'enrochement de l'immeuble, un profane pourrait la prendre pour de la mauvaise herbe. Ce qui serait dommage, car cette variété vient du Puy-en-Velay, patrie de Léonie, la grand-mère paternelle de Roger. Encore une plante tonique qui a traversé, elle aussi, pas mal de fuseaux horaires.

Au début du XXe siècle, la vie en brousse n'était qu'un va-et-vient entre l'homme et la nature.

Partout dans le monde, toutes les familles ont un arbre généalogique formé de rameaux, de branches. Sans parler des racines. Un vocabulaire commun aux espèces du vivant...

Les colons/boutures ont essayé de domestiquer la nature et les natifs/endémiques de vivre en symbiose avec elle. Les ethnies, par leurs échanges terriens, ont fini par faire les deux, chacune à leur vitesse.

Cette touffe de thé, patiemment conservée, se souvient-elle des paysages de l'Auvergne ? Les plants ancestraux ont-ils vu passer les premiers pèlerins partant pour Saint-Jacques-de-Compostelle ?

Rêvassant sur son tabouret, le vieux Roger se demande si les plantes ont la mémoire des femmes et des hommes qu'elles ont côtoyés.

Si elles ont gardé des traces de leurs mains.

Si elles ont perçu les sentiments qui les agitaient.

Si leurs tiges et leurs feuilles ont imprimé…

Des empreintes digitales affectives !

Générations suivantes

L'écriture est laborieuse, la rédaction presque phonétique, l'orthographe très approximative et la calligraphie enfantine. Gaston n'en a cure, il est amoureux d'Eugénie, la fille de Léon et de feu Marie. Cette belle jeune fille métissée habite son cœur depuis la première fois où il l'a vue. Pour le moment, il est exilé à Nouméa, la grande ville du Sud qui lui est étrangère. Le service militaire l'a transporté loin de son coin de brousse natal. Il doit prendre son mal en patience. Seule la pensée de son Eugénie l'aide à survivre dans cet univers urbain asphyxiant. C'est pourquoi, penché sur sa plume, il s'applique à essayer de trouver les mots qui vont toucher sa bien-aimée. Alors, qu'importe la maladresse du vocabulaire, l'inexactitude des temps ou l'absence de ponctuation, seule compte la sincérité des sentiments qui l'habitent.

À ces lettres touchantes de naïveté, la fiancée de Gaston répond avec empressement. Elle sait que Gaston fera le meilleur des maris, même si sa scolarité a été fruste. Les réponses d'Eugénie sont écrites correctement, malgré un cursus scolaire écourté, pour elle aussi. Maman Marie est morte alors qu'elle était très jeune. L'institutrice qu'elle était n'a pas eu le temps de transmettre tout son savoir et de développer les capacités de la fillette. Papa Léon étant à la dérive, elle a déserté l'école jusqu'à l'arrivée de ses frères et sœur métropolitains.

Ce qui compte avant tout pour le futur couple, c'est le désir de fonder une famille. Tous deux sont nés dans la région de Poindimié, leurs horizons sont le lagon, le ciel qui s'y mire, et les montagnes qui s'y reflètent.

On a beau leur parler de la France, ce pays inconnu et inimaginable, leur avenir est ici. Ils n'en bougeront plus et c'est tant mieux. Tout le monde s'entend, les habitants mélangent leurs rameaux, les couleurs de peaux ne sont pas un problème, mais un enrichissement.

3 juin 1927

Eugénie et Gaston sont heureux avec l'arrivée de ce quatrième bébé. Un garçon qui a l'air en pleine forme et sourit à la vie. La vie en brousse est rude, tout comme l'était celle de leurs parents respectifs. Il faut travailler dur, tout le monde doit s'y mettre. Cette terre, qualifiée un temps de promise, est parfois ingrate. Cependant, ils savent, intérieurement, qu'ils y arriveront.

Et que leur progéniture les surpassera.

Ce petit garçon, Roger, en est la promesse…

ÉCOLIERS

Sept heures moins le quart. La rue s'agite.

Aux premiers passages des voitures, s'ajoutent les cris et les rires des élèves qui descendent vers le lycée Do Kamo. Roger a toujours plaisir à les entendre brailler lorsqu'ils se rendent en cours. Il les envie, aussi. Lui qui n'a pas eu la chance de poursuivre plus de deux années des études primaires. Bribes d'images.

École de Touho… accompagné de deux sœurs plus jeunes… première rentrée à onze ans… Logement chez l'oncle Eugène, dans la vallée d'Amoa… Discipline, inculquée à l'aide d'un roseau, voire d'un bambou… Fondamentaux transmis par une institutrice sévère…

Dans sa tête, le vieux film se déroule avec netteté.

Les élèves aidaient à tenir la classe propre — vaisselle comprise — à l'aide de pierres ponces, venues tout droit, par la mer, des lointaines Nouvelles-Hébrides. La liberté en plein air, acquise sur la propriété, manquait cruellement à Roger. Mais il avait tout de même aimé se repaître des techniques d'écriture et de lecture, des rudiments d'histoire, de géographie et de sciences naturelles. Des matières qui lui faisaient entrevoir le vaste monde. Survoler les montagnes, franchir les océans en tournant des pages. L'évasion par l'esprit. L'institutrice, ayant noté ses prédispositions pour les études et sa soif de savoir, avait voulu le pousser plus loin...

Papa Gaston avait tranché, il fallait s'occuper du restant de la fratrie, être un tuteur — toujours ce vocabulaire à double sens — pour les plus jeunes. Tous les bras supplémentaires étaient les bienvenus sur la propriété. Pour le ramassage du café, notamment. Avec ses deux sœurs, il était donc revenu au bercail. Mais il avait gardé cette curiosité qui avait régi, depuis, tout son parcours...

Retour aux cris s'estompant. La sonnerie de sept heures ne va pas tarder.

Fidèle au poste, Roger les retrouvera demain.

Ces élèves chahuteurs et ponctuels...

Comme ses souvenirs !

PASSAGE

*L*e courant est très fort. Charriant des branchages, la rivière Amoa gronde et continue de grossir. Les écoliers, quatre garçons et deux filles, complètement trempés, regardent le niveau qui grimpe et commence à lécher leurs pieds. À douze ans, Roger essaie d'être crâne. Ce n'est pas une crue de plus qui va l'impressionner. Pour donner plus de courage à ses compagnons, il leur rappelle le dernier cyclone ayant frappé la région, deux années auparavant. Roger est obligé de crier pour dominer les rafales de vent. Cet épisode ravageur avait beaucoup marqué ses dix ans. Tout avait été détruit : plus de café ni de cultures, plus de nourriture, la maison rasée et la cuisine, construite à part, affalée contre le four, seul abri résistant, derrière lequel toute sa famille s'était réfugiée.

Dans ces conditions, des pluies fortes et un niveau d'eau élevé ne vont pas leur faire peur. Non, ce qui les inquiète tous, c'est qu'un membre de la petite troupe, un copain canaque, manque à l'appel. Après la traversée.

"

Ils étaient sept sur la rive d'en face avant de s'engager. Ils n'ont pas hésité longtemps, ils se sont lancés. Après avoir marché des heures sous une pluie battante, leurs vêtements ne craignaient plus rien. Heureuse époque où les manuels scolaires et les trousses restaient dans les tiroirs du bureau de l'institutrice. Et ils sont passés à la nage, malgré les obstacles flottants, le courant froid et l'obscurité qui descendait. La lutte au milieu des flots a été rude… et ils ont réussi. Sauf un d'entre eux !

Le retour, ce vendredi en fin d'après-midi, avait mal débuté. Le bateau, pris dans le mauvais temps, n'était pas à l'heure. Comme souvent, ils avaient dû faire le trajet à pied. Pas de caboteur, donc, pour faire un crochet par la mer et, surtout, pas de bac pour franchir les creeks. Au début, une longue marche sur les sentiers mélanésiens le long desquels des vieilles les avaient ragaillardis avec un bol de café. Déjà en retard et pressés, ils avaient accepté des fruits sucrés, dévorés sur place, mais refusé les dons de pêche — crabes et picots — pour ne pas se charger inutilement. Malgré le parcours rallongé pour éviter les pièges humides de la forêt, il avait fallu se résoudre à franchir l'Amoa en crue. Ultime barrière imprévisible. Leurs familles étant toutes de l'autre côté.

Transis, les six se relaient pour crier le nom de l'absent sans relâche pendant une heure… Deux garçons ont descendu la rive, au cas où il aurait été déporté par le courant.

Rien !

Disparu corps et âme !

Ils se souviennent que leur pote avait été le dernier à entrer dans l'eau. Aucun d'entre eux, donc, ne l'a vu couler. L'angoisse s'installe dans leurs jeunes cerveaux. Ils comprennent rapidement qu'ils ne le reverront plus. Qu'une branche épaisse a dû le percuter ou, pire, qu'un prédateur, venu de la mer, l'a happé. Ils ne connaissent pas le mot tragédie, ils ne l'ont jamais lu et la maîtresse ne l'a pas encore expliqué. Mais il pourrait définir l'accablement leur tombant sur les épaules. Durant cette vaine attente qu'ils prolongent encore un peu, Roger découvre leur faiblesse face à la nature qui se déchaîne. Ils sont perdus dans un coin reculé de brousse, leur île évoque une chiure de margouillat sur le globe terrestre de l'école.

Ils ne peuvent compter que sur eux. Pour leur copain, ils ne peuvent plus espérer de miracle et se décident à repartir. Cependant, Roger entraîne la petite troupe à flanc de montagne. Les autres suivent sans un mot, ils ont compris. Ils empruntent un sentier qui va encore augmenter leur retard. Qu'importe, il faut absolument aller prévenir Clémence de la disparition de son fils. Les gènes canaques circulant dans le sang de Roger l'imposent.

Tous se taisent pendant l'ascension, il ne faut pas gaspiller son souffle. Ils doivent rester groupés, s'entraider dans la pente très glissante. Personne ne mentionne le nom du disparu. Roger se concentre sur ses pieds dont les orteils se replient pour mieux agripper le sol. Il n'a encore jamais porté de chaussures. Les premières qu'il a vues ont été celles de son grand-père paternel lors de son unique visite à Poindimié. Un passage d'une journée. Il se souvient de sa moustache et de sa barbiche taillées, de son costume impeccable avec gilet, cravate et chapeau. D'autres détails vestimentaires l'avaient troublé, comme la canne au bras, la montre en or à gousset et, bien sûr, les fameuses chaussures de cuir. Ce grand-père impressionnant s'était planté devant lui et sa fratrie, et avait dit, d'une voix forte, « Bonjour, les enfants ! » Puis, il avait tourné les talons de ses splendides bottillons pour repartir illico par le bateau. Roger avait sept ans et il ne l'a jamais revu.

Comme il ne reverra jamais le fils de Clémence.

Celle-ci veille encore à trois heures du matin lorsqu'ils arrivent fourbus devant sa case. Elle les accueille en silence, les sèche devant un feu et les réchauffe d'un thé brûlant. Elle a remarqué d'emblée les mines défaites et, surtout, l'absence de son fils. Il faut parler. Se relayant timidement, tous lui apprennent par bribes la terrible nouvelle. On prononce seulement les mots de noyade accidentelle. Sans s'être concerté, personne n'ose émettre l'hypothèse d'un requin égaré par l'inondation. Après l'horrible aveu, le silence se fait, ponctué par quelques reniflements. Une fille éclate subitement en sanglots et tous l'imitent. Pour évacuer la tension nerveuse amassée depuis la traversée. Clémence les prend tour à tour dans ses bras et laisse, elle aussi, couler sa peine.

Après cette journée impitoyable, ils s'endorment épuisés, blottis les uns contre les autres, sur des nattes. Clémence surveille leur sommeil et, bien que résignée, guette encore un impossible retour de son rejeton. Ce n'est qu'aux premiers chants des oiseaux qu'elle rend les armes.

Dès l'aube, la pluie s'étant calmée, ils reprennent la route sans tarder. Leurs familles respectives doivent être aux cent coups. Clémence, rigide de tristesse devant sa case, les regarde s'éloigner. Sentant son regard embué, aucun des six n'ose tourner la tête. Continuer, aller de l'avant, sans pour autant oublier la traversée, la disparition et la nuit de détresse. L'école de la vie leur a administré une effroyable leçon.

En redescendant, Roger songe que, demain soir, dimanche, il faudra peut-être repartir dans l'autre sens par les mêmes moyens. À douze ans, il est persuadé qu'apprendre reste le moteur de sa vie.

Il y aura d'autres rivières.

Tout aussi dangereuses à franchir.

La méditation continue…

Sur ses fondations scolaires, il a accumulé des murs de lectures autodidactes, crépis à la curiosité. Une véritable éponge de savoir, en côtoyant des personnes éduquées, en posant des questions. Inlassablement.

Tout ce qu'il sait aujourd'hui vient de là.

Roger se relève et poursuit l'inspection de son domaine. Il cueille un brin de persil chinois dont il écrase une feuille pour imprégner ses doigts de sa bonne odeur. Pour un prochain repas, il prélève des brèdes locales dont les feuilles cuites s'accommodent si bien avec du taro. Quelques oignons verts et des petits piments-oiseau complètent sa cueillette qu'il dépose dans un panier. Il le remontera dans la matinée.

Son jardin est le résultat de l'éducation « naturelle » qui a forgé son équilibre et sa personnalité. Arpenter les montagnes avec Ouli, en écoutant ses conseils, a mêlé ses filiations. Le sang kanak pour apprendre à se débrouiller avec un rien, pour toujours trouver une solution.

Et l'autre sang pour ne pas rater le progrès qui arrivait doucement.

Il redresse un tuteur et se pose à nouveau des questions en passant devant une plante sortie de terre après qu'il a arraché un trop-plein de thym. Il n'en a jamais vu de telle avant, ne sait de quel nom la baptiser. Il a essayé de la comparer à d'autres plantes connues… Rien n'y fait, le mystère demeure.

Il laisse la nature trouver sa voie. Tant qu'elle ne gênera pas, il la laissera croître. Tout le monde a droit à la vie au grand air.

La pétarade étouffée du scooter de la poste interrompt ses interrogations.

Il est donc près de neuf heures.

Même si, de nos jours, les factures surpassent, de loin, en nombre, les lettres d'amour…

Facteur est un bien beau métier.

Toujours en mouvement !

Et au contact des autres.

PREMIERS PAS

1942

Casque crépitant sur les oreilles, l'adolescent transcrit à toute vitesse les traits et les points. Il a vite appris à coder et décoder ces impulsions courtes et longues. Comme il a bien fait d'insister auprès de papa Gaston pour obtenir ce job à la Poste ! Adjoint du préposé, doublé d'une seconde casquette de facteur, Roger est tellement fier ! En quelques semaines, il s'est autoproclamé champion de la technique de Samuel Morse pour les télégrammes du monde entier. Sous la dictée internationale, le globe terrestre devient concret et laisse entrevoir des promesses d'évasion. À la vitesse du son.

Même s'il regrette le lait chaud et mousseux recueilli dans une noix de coco et bu à peine sorti du pis, le plein temps sur la propriété ne lui manque pas. Culture éreintante du café, débroussages incessants, soins quotidiens au bétail, il a fait tout cela à fond pendant un an, sans compter et sans se plaindre. Mais la proposition du postier était trop tentante, et l'occasion de changement trop belle. Et puis, papa Gaston a bien vu le profit à retirer d'une paie supplémentaire et régulière.

Le départ à cheval se fait très tôt le matin en emportant la gamelle préparée par maman Eugénie. Ce repas concocté avec amour est dévoré à onze heures sous le bourao du parc, jouxtant le bureau de poste où sa monture, surnommée *Billet,* reste attachée et l'attend patiemment. Entre-temps, il a le monde entier au bout de ses doigts et au creux de ses oreilles… Il martèle les éléments de cuivre sur la base de bois avec frénésie. La guerre en Europe et dans le Pacifique bruisse par l'intermédiaire des « bip-bip » du poste de graphie. Tout en recueillant les précieux messages de l'étranger, il envie son cousin Guy — fils de sa tante Yvonne — qui s'illustre en tant que torpilleur dans la marine, en résistant aux navires japonais en mer de Corail, et qui a gagné des galons en abattant un kamikaze.

L'esprit du jeune postier s'échauffe à ces exploits, ses dents s'aiguisent pour mordre la vie. Son appétit de découverte est insatiable.

Le village change, les vieilles maisons sont rasées et l'on construit à tour de bras. Des industriels se sont installés dans la commune. Il y a, désormais, un hôtel, la célèbre *Maison du Nickel*, accueillant des enfants de Nouméa en vacances, et un bâtiment de Poste moderne où il se sent indispensable. Roger a la bougeotte, et pas seulement au bout des doigts. En revenant à la propriété, l'après-midi, il reprend son habit de paysan, toujours accompagné d'un chien qui lui fait la fête. Il trouve encore le temps de pêcher des crevettes de creek, de dénicher une anguille, d'attraper une ou deux roussettes, regroupées dans les érythrines en fleurs, ou un pigeon *collier-blanc*, avec une sagaie qu'il a trafiquée. Il attache une douille vide à l'envers, au bout du trait, pour assommer sans abîmer. Imitant un de ses oncles, il n'aime pas faire souffrir le gibier inutilement. Le soir, il trouve encore quelques minutes pour lire avant de dormir. Apprendre, toujours ! Les journées sont longues, mais il est infatigable. Sa liberté est à ce prix.

1948

Allongé sur un matelas de feuilles entre deux grosses racines, la tête sur une pierre en guise d'oreiller, Roger scrute un bout de ciel étoilé nappant les cimes des grands arbres. Cela fait quelques années qu'il mène une vie aventureuse de « trappeur ». À vingt et un ans, il se sent merveilleusement libre et heureux.

Son envie d'élargir son espace, grâce à la téléphonie, a tourné court brutalement. Il n'a pas pu rester à la Poste. Un examen était nécessaire à son maintien dans cette administration. Il n'a pu le réussir, son niveau scolaire étant trop faible, en mathématiques surtout. Le jour de son éviction, il a enragé de n'avoir pas pu étudier davantage. Il est rentré chez lui avec sa gamelle à peine touchée. La faute à un nœud sur l'estomac. C'est ce jour-là qu'il a décidé de disparaître, de vivre en solitaire, dans les montagnes si belles. Seul, avec, tout de même, son cheval, son chien et sa Winchester 30/30.

Et l'ombre bienfaitrice d'Ouli.

À cette époque, son quotidien se résume à chasser dans les versants montagneux qui l'entourent. À vivre en harmonie avec la nature, à rester silencieux en parcourant la forêt, à dormir à la belle étoile, à se nourrir de la générosité de la faune et de la flore. Ses plaisirs sont multiples. Boire l'eau du ciel retenue dans le creux d'une feuille de palmier. Tuer un cochon sauvage, le débiter, en manger une partie et offrir le surplus au clan de maman Eugénie. Suivre un sentier au hasard qui l'emmènera vers un endroit merveilleux, un prodige de la nature, une vision inoubliable.

Il peut passer deux semaines à chasser le cerf pour en récupérer la peau. Lorsque le nombre de peaux est suffisant, il retourne au village et les expédie par bateau à Nouméa. Il en obtient un bon prix, qui s'avère être un appoint financier conséquent pour sa famille. Roger n'a pas besoin d'argent, il vit en autarcie, comme ses frères mélanésiens qui considèrent l'argent papier avec dédain et lui préfèrent le troc. Lors de ces courses en forêt, il bénéficie parfois de la compagnie du vieux Ouli, observateur impénitent des merveilles de la nature, jamais pressé, posant un pied après l'autre, ahanant à chaque geste horticole afin — dit-il — de dégager ses poumons et de se donner de la force.

Roger, le nez toujours dans les étoiles, voit s'afficher en filigrane le visage centenaire de l'ancêtre. D'où viens-tu, homme d'hier? Où vas-tu? Il a appris énormément avec cette encyclopédie vivante. Le vieux connaît tous les bons coins, pour n'importe quel gibier. Si le but initial de ces balades est la chasse, elles se transforment toujours en découvertes et en apprentissages…

Ouli lui a appris à s'extasier devant le génie des fourmis au travail dont certaines espèces récupèrent des éléments médicinaux dans la sciure de bois. Il lui a livré les secrets de construction des cases au toit pointu et les traditions séculaires qui y sont attachées. Comment calculer la bonne épaisseur du mur afin qu'il résiste au pouvoir de perforation d'une flèche, comment protéger la porte avec une barre intérieure et des lianes, comment cacher des armes de guerre, recouvertes de pandanus tressé, dans le berceau du poteau central. Roger, quarteron et trait d'union, s'imbibe d'une culture qui le fascine…

Il ferme enfin les yeux, la journée de chasse a été longue, il doit se reposer. Avant de sombrer dans un sommeil réparateur, il songe à son vieux mentor qui lui a adressé, quelques jours auparavant, de sages paroles. Il a caressé la barbe de son élève en disant : « Tu es un homme, désormais, tu vas avoir ta terre pour y construire ta maison. N'oublie jamais de cultiver ta terre… »

Roger est à la croisée des chemins.

Seront-ils coutumiers, ou le mèneront-ils à Rome ?

Il glisse dans les bras du dieu aux rêves prophétiques.

La nuit porte conseil…

PHILOSOPHE

Le soleil commence à taper fort. Il se réfugie un bon moment sous l'ombre fraîche d'un figuier. Cet arbre, dont la frondaison recouvre une partie de son « domaine », appartient au rez-de-jardin où loge un jeune couple. Son feuillage abrite une ribambelle de perruches qui criaillent leur joie d'exister ou se chamaillent autour d'un fruit — c'est au choix. Le grand âge de Roger l'a rendu tolérant, philosophe. Surtout en ces instants de méditation au cours desquels tout un flot de souvenirs se bouscule dans sa tête.

Il sourit. N'était-ce pas le célèbre François-Marie Arouet qui prêchait la sagesse de « cultiver son jardin » dans la dernière page de son Candide *?*

Roger a dépassé en années la riche longévité de l'ermite de Ferney. Est-ce dû à son régime fruité, aux délicieux corossols, papayes et ananas qu'il continue de « cultiver » dans son jardin ?

Certes, depuis quelque temps, son corps rechigne à lui obéir, la force musculaire l'abandonne peu à peu, son taux de sucre est trop élevé et sa tuyauterie sanguine aurait besoin d'être remplacée par endroits. Jusque-là, Roger avait toujours bénéficié d'une santé de fer. Avant la Seconde Guerre mondiale, l'existence en brousse endurcissait les corps, on ne se plaignait pas ou peu, la souffrance physique était le lot du paysan. On connaissait les plantes qui soignent, on se nourrissait plutôt sainement, le grand air était un élixir de longue vie...

Sauf accident !

Roger contemple la longue cicatrice qui décore sa jambe gauche. Une cicatrice large, lisse et brillante qui le démange de temps à autre. Ce matin, c'est le cas.

Être costaud ne suffisait pas toujours.

Il fallait avoir de la chance.

Ou un bon ange gardien.

Roger a toujours eu les deux.

Coma

Le bidon d'essence en déséquilibre hésite depuis plusieurs minutes à basculer dans le vide.

L'employé qui l'a perché sur son étagère était trop pressé lors de son rangement. Ou alors, quelqu'un lui a parlé, le déconcentrant pendant sa manœuvre, et… la roue du destin s'est mise en marche. Le compte à rebours inexorable de ce récipient a égrené les secondes avant sa chute. Programmée !

Juste en dessous, Roger s'agite. Lorsque le moteur de l'engin a pris feu, il a pris les choses en main. D'autres employés, éloignés, se précipitent pour l'aider. Mais, en tant que chef d'atelier, c'est à lui d'intervenir. Le plus rapidement possible ! À l'aide d'une bâche traînant au sol et de poignées de terre projetées, il essaie d'étouffer les flammes. Il y est presque arrivé quand le bidon lui tombe dessus. Dans un réflexe, il esquive la lourde charge qui libère son contenu en se disloquant au sol, et l'asperge. Entièrement ! Une dernière flammèche embrase l'essence répandue. Instantanément, Roger se couvre d'une tunique incandescente…

Bruits extérieurs qui grandissent et s'estompent… sensation d'immobilité… des éclairs de douleur aussi… dans tout le corps… des enclumes sur les paupières, malgré un intense désir de les soulever… voix feutrées et rassurantes… personnes habillées d'un blanc flou… le sommeil qui gagne à chaque fois… et les yeux qui s'ouvrent… Enfin !

Gravement brûlé, Roger reprend pied dans le monde des vivants. Après vingt et un jours de coma, il ne peut pas parler. Il n'a plus ni cheveux ni poils. Sa peau, en desquamant, prend différentes teintes sombres. Il ressemble à une momie égyptienne, squelettique et noirâtre. Il a eu de la chance : ses camarades d'atelier ont eu le réflexe de le recouvrir rapidement d'un manteau de poussière pour étouffer les flammes. *Dur à cuire*, c'est le terme prononcé par le médecin, et repris par le personnel médical de Thio dans son ensemble, pour qualifier le miraculé. D'où un premier sourire du patient qui ne sait pas encore que six mois de soins intensifs l'attendent. Immobilisé dans son lit de souffrance, il ne peut que faire fonctionner son esprit. Alors, tandis qu'un soignant le veille, il remonte le film de ce qui a précédé la chute du bidon, les flammes insupportables, l'impression de mort imminente, de néant…

De courtes séquences en enfilade…

À peine sorti des années heureuses en solitaire dans ses montagnes, un désir de s'engager pour l'Indochine. Une façon d'imiter l'héroïque oncle Guy transformé en dix mois de banal service militaire par refus parental compréhensible. Fondu…

La caserne Gally-Passebosc et son département des communications avec les apprentissages de l'alphabet morse et de la conduite automobile avant démobilisation. Fondu…

Son retour là-haut en plein cyclone, son corps malmené par la pluie, par les rafales de vent, par les rivières en crue et les chutes d'arbres, mais toujours préservé par son ange gardien. Fondu…

Son arrivée, harassé, dans la propriété parentale dévastée, maison et plantations détruites, caférie anéantie. Fondu…

Devant tant de désolation, l'urgence à déblayer, à reconstruire pendant une année complète sans un jour de repos. Fondu…

Nouméa pour un emploi au *Nickel*, tout en bas de l'échelle, de nettoyage tous azimuts : bureaux, allées de l'usine, camions, engins. Son goût du travail bien fait enfin remarqué. Fondu…

Des échelons gravis en deux années à l'entretien mécanique et un avant-goût de Graal atteint avec ce poste de chef d'atelier à Thio. Fondu…

Tout baigne… jusqu'au bidon !

Fin !

Roger ne se reconnaît plus dans ce pauvre corps martyrisé. Il s'est consumé comme une bougie et ne pèse plus que trente kilos. Un étrange corps étranger ! Mais il s'accroche, remue, fait ses premiers pas, prononce à grand-peine quelques mots. Sciemment, il n'a pas prévenu sa famille qui ignore, donc, tout de son accident. Et personne n'y a pensé. Ça l'arrange, il ne veut pas causer de soucis à Eugénie et Gaston, ils en ont bien assez. Tout le village visite le « revenant de l'enfer », on le dorlote. Cependant, son silence prolongé inquiète sa mère, habituée à une correspondance épistolaire régulière. Elle envoie aux nouvelles son frère Paulo.

Roger le reçoit avec rudesse dans un premier temps, il articule péniblement quelques mots *« remonte... laisse-moi... tranquille... »*. Mais la gentillesse de Paulo l'emporte et le fait rester plusieurs semaines auprès du grand brûlé. Pour le distraire, son frère lui raconte son trajet à vélo et la découverte du fameux transbordeur de Thio. Deux grandes premières de locomotion pour ce cadet, peu sorti de la propriété familiale. Roger ne peut que sourire intérieurement. Il parle très peu, fatigue vite. Son frangin poursuit cependant ses longues heures de chevet. Il rapporte les dernières nouvelles de là-haut, les faits habituels et aussi des anecdotes passées, car Roger a des trous de mémoire. Dus au choc. Il ferme ses yeux sans cils et écoute la voix de Paulo qui se plaît à enjoliver ses récits avec force détails.

La voix raconte... les habituels trajets à pied de leur père qui n'hésite jamais à parcourir les 300 kilomètres les séparant de Nouméa... comment celui-ci traverse les rivières, parfois hautes, mangeant et dormant dans les tribus accueillantes, le long du périple... comment, une fois dans la capitale, il fait des « affaires » avec la Société Havraise, avant de remonter avec de l'argent papier.

La voix raconte... les fameux billets de 500 francs, larges comme des serviettes de table... un seul de ces billets pourvoyait aux dépenses de la famille pendant une année entière… La voix raconte… comment le père rémunère les Mélanésiens sur la propriété, avec des sacs de riz, du maïs et de la viande, et surtout pas avec un billet… dans les tribus, on n'aime pas ce papier, des denrées suffisent à leur bonheur.

La voix raconte… les *tayos* adorent la viande de cochon… la chair succulente des cochons, nourris naturellement et vagabondant sur la propriété. Il faut toujours mettre une brouette devant la porte de la cuisine pour les empêcher d'entrer et de mettre le bazar…

La voix raconte… comment les Mélanésiens cuisent le riz en le mettant dans le creux d'un arbre avant d'y allumer un feu… leur méthode particulière pour dépulper les grains, dans ce trou, à l'aide d'un pilon… leur adoration pour le pain fait maison, et cuit dans le four attenant…

Roger, bercé, somnole, écoute cette saga paysanne décousue dont il a été un acteur. Ce monologue débridé, parfois maladroit, lui met du baume au cœur, tandis que des onguents calment sa peau suppliciée.

Son frère est intarissable, il embraye les sujets *maraboutdeficelle* avec des mots relais. Et le voilà parti dans la construction du four…

La voix continue… avec un dôme de sable et les briques posées en voûte et serrées, dessus… un mur en claie de chaque côté… de la boue *torchis,* tassée dans le vide entre les murs et les briques…

La voix continue… une fois le sable enlevé, faire un feu de bois à la place, pour sécher et solidifier le tout… le colmatage des fentes occasionnées par le séchage au feu, puis à nouveau du feu pour bien finir la construction…

La voix s'arrête brusquement…

Paulo se dit : quel idiot il fait ! À parler sans arrêt de feu, de flammes, de four brûlant… Il s'excuse, penaud. Roger ne peut réprimer un rire, une grimace qui les soude.

Un peu plus.

Un jour, les parents — Paulo n'a pu faire autrement que de les prévenir — viennent les rejoindre par bateau. Ils sont aussitôt pris en charge et hébergés sur place grâce à la grande solidarité des broussards. Roger va mieux, se remplume. La convalescence est longue, douloureuse.

Le *dur à cuire* n'est plus flambant neuf. Ce qui est moins drôle, c'est son inaptitude à reprendre son poste de chef d'atelier.

Trop handicapé !

L'important est d'avoir échappé aux flammes. Il est vivant.

Quelques mois plus tard, en sortant de l'hôpital…

Il se sent invincible.

CIRCULATION

En haut, dans la rue, le flot des voitures augmente, on entend des klaxons. Ici, pour se dire bonjour, on se fait un signe de la main, on lève un pouce, on appuie sur la trompe au milieu du volant. Plus que de raison. Sans le savoir, ces tutt-tutt répétitifs ne font que renouer avec la fabuleuse culture du passé. Cette culture séculaire des premiers habitants, circulant des montagnes jusqu'au bord de mer.

Roger se souvient de l'époque, pas si éloignée dans sa tête, où les tribus correspondaient d'une montagne à l'autre, d'une vallée au littoral, en soufflant dans une conque. Le porte-parole d'un clan montait sur un flanc dégagé et faisait sonner son toutoute *pour prévenir un homologue, parfois situé à vingt kilomètres de là. Pour annoncer une fête coutumière et lancer l'invitation. En face ou en bas, l'autre répondait de la même façon. Un dialogue lent, à distance, porté par le vent, s'instaurait. Les porte-parole redescendaient ensuite dans leurs tribus respectives et faisaient circuler l'information. S'ensuivaient, de part et d'autre, des récoltes d'ignames, de taros, des préparatifs festifs, chaque clan apportant sa spécialité culinaire : cultures pour les montagnards et produits de la mer pour les côtiers.*

Les échanges étaient constants, les fêtes duraient plusieurs jours. Il y avait aussi des chants et de la musique avec des percussions. Roger réentend ce xylophone naturel, fait de pierres suspendues et frappées, produisant différents sons mélodieux. L'art en brousse a toujours été présent et très élaboré. Comme les pétroglyphes faisant également office de bornages, utiles pour se diriger.

Depuis, le téléphone et l'automobile ont tout changé.

Les voix sont câblées, les sentiers se sont couverts de coaltar.

Tout va plus loin.

Plus vite !

Tout est plus dangereux...

ACCIDENT

Les pignons de la boîte de vitesses émettent un grincement strident, vrillant les oreilles. Et le moteur du GMC, la benne surchargée d'agglos, cale, levier coincé au point mort. Après le hoquet du moteur, un silence surnaturel s'installe. Le poids lourd, en équilibre sur la forte pente de la colline du téléphone, oscille. Roger sait instantanément que les freins — plus tout jeunes — ne résisteront pas sur cette forte déclivité. Il hurle aux Mélanésiens perchés sur le chargement de sauter. Ceux-ci s'exécutent dans la seconde et le camion repart en arrière, malgré la pédale de frein écrasée.

Roger essaie de se mettre en travers alors que le convoi prend de la vitesse dans un concert de craquements. Le voilà, agrippé à son volant, le regard fou. Il entrevoit dans le rétroviseur extérieur une voiture qui monte les lacets. Plusieurs personnes à bord, une famille complète, peut-être… L'éviter à tout prix. Une victime expiatoire au dieu de la mécanique sera suffisante. Roger n'hésite pas. Il braque à fond, choisissant le ravin plutôt que la collision. En franchissant le talus, le châssis se détache, s'arrachant dans un bruit de ferraille assourdissant. La cabine et son unique prisonnier continuent leur course folle. Dans un tourbillon de poussière et d'arbustes déracinés. Roger, soudé à son volant, voit défiler sa dernière tranche d'existence. En flashs, tel un télégramme à l'ancienne :

Guérison complète après terribles brûlures — stop — embauche dans une compagnie de convoyages — stop — six mois aux commandes d'un GMC, cadences infernales mal payées — stop — rencontre enfin avec un entrepreneur correct le formant au gros œuvre dans la construction — stop — quatre années bénéfiques avec une bonne paie à la clé — stop — bougeotte légendaire pour acquérir toujours plus de savoir-faire — stop — filiale canadienne de forages, recherche de pétrole sur les côtes du Nord — stop — poste bien rémunéré comme chauffeur dans la construction du barrage de Yaté — stop — transports de matériaux périlleux sur de vieilles routes — stop — grande vie à Nouméa, économies dilapidées sans regret au jeu et avec des femmes — stop — travail sur mine à Kouaoua — stop — opportunité de vendre une dizaine de camions sur côte Est — stop — rachat de petites parcelles dans commune d'origine — stop — placements immobiliers fructueux — stop — convoyages toujours en camion jusqu'à colline maudite — stop — descente infernale ! — stop.

Comme souvent pour les télégrammes, celui-ci se termine sur une mauvaise nouvelle.

La cabine racle les broussailles, martyrise la végétation. Des arbustes explosent sous le véhicule démembré. Des tonneaux s'enchaînent, Roger a l'impression d'être dans une essoreuse. Le cercueil de fer continue de dévaler la pente. Il défonce un poulailler. Feu d'artifice de caquètements terrifiés et de plumes ensanglantées. Et d'un seul coup, après un phénoménal dernier choc, plus de bruit.

Le morceau de tôle déformé s'est immobilisé sur un lacet de la route en contrebas. Le nuage de poussière se dissipe lentement. Y a-t-il encore de la vie dans cet astronef cabossé ayant raté son atterrissage ? Les passagers de la voiture épargnée s'approchent doucement, les employés de la benne, religieusement. Et miracle ! On bouge à l'intérieur du sarcophage métallique. Roger, statue de poussière striée de rouge, s'ébroue. Il est indemne. À peine quelques coupures, bénignes.

Avec l'aide des badauds, il s'extirpe de l'habitacle. Debout sur la route, il secoue la couche de poussière qui le couvre. Il remarque un craquement dans la poche de sa chemise. C'est une image de la Vierge, un talisman toujours suspendu au rétroviseur de ses camions. Détachée durant la chute, elle s'est faufilée contre son cœur… Son ange gardien a encore fait son travail. Les yeux brouillés de larmes et de sueur, Roger imagine, sous l'aura de la Sainte, Eugénie, sa mère adorée…

… et ses cadeaux. Il avait quatre ans lorsque sa mère lui avait offert un train avec un tender, un wagon et un circuit de rails en cercle. Son intérêt pour la mécanique est né ce jour-là. Une locomotive noire à vapeur que l'on remontait avec une clé, un manège infatigable qu'il regardait tourner, émerveillé, sans se lasser. Pour faire briller la locomotive et ses wagons, il les frottait avec de l'huile de coco. Il les a entretenus et conservés des années durant. Ce jouet a marqué son enfance et influencé sa vie. Le train de Païta étant trop loin, Roger ne connaissait que le bateau pour rejoindre Nouméa. Pour lui, ce joujou concrétisait le progrès et toutes les machines circulant dans la lointaine métropole, cette terre inconnue… Enfant, il avait fait rire toute sa famille en disant *« si le bateau est en panne, papa, tu n'as qu'à prendre mon train, il suffit de tourner la clé… »* Hélas, un jour, alors qu'il était absent, un de ses cousins avait déniché son trésor et en avait cassé le ressort. Depuis, la machine, cadeau/souvenir chéri de sa maman, est restée immobile. Arrêtée, définitivement, par le butoir du temps !

Comme son camion, aujourd'hui ! Coupé en deux et réduit en un tas informe. Il lui faut prévenir son employeur. Vite ! On emmène l'accidenté, sale et couturé. Conscient de la chance incroyable qu'il a eue — une nouvelle fois après l'épisode *grand brûlé* —, Roger se sent indestructible. Il sait qu'il a la baraka et il tâte l'image de la Vierge, préservée dans sa poche de chemise.

C'est sans compter avec le choc de l'accident.

Sitôt arrivé devant son patron, sa vue se brouille, ses forces le quittent.

Il s'effondre comme un pantin aux ficelles coupées.

Un malaise cardiaque le terrasse.

Il prie pour que maman Eugénie donne un tour de clé, remonte sa mécanique.

Trop tard !

Une vague douloureuse roule dans sa poitrine.

Il sombre…

FAMILLE

Roger se rassied sur son banc. Bien qu'il ait mangé une tartine et bu un thé très tôt, juste avant de descendre, il a soif et faim. Il ne doit pas plaisanter avec sa glycémie. Il faut qu'il remonte boire un café. Et mesurer son taux de sucre. Comme chaque matin vers dix heures, Monique doit l'attendre pour ce moment privilégié durant lequel ils évoquent des moments heureux et d'autres qui le sont moins...

Que serait-il devenu sans Monique ?

Question stupide, il n'envisage même pas de n'avoir jamais croisé son chemin...

Monique, son autre jardin secret...

Il se décide, se lève, se saisit du panier et arpente le sentier dans l'autre sens. Il faut y aller doucement, à un pas de sénateur. Qui va piano, va sano !

Les petits cris du bébé l'atteignent à mi-pente. Ce sont plus des babillements joyeux que des pleurs. Il a reconnu l'enfant de ce jeune couple, récemment installé, qui loge dans un appartement du rez-de-chaussée. Celui qui héberge le figuier aux perruches. Roger sourit en pensant à cette si jolie maman, tenant son nourrisson dans les bras.

Il a toujours été sensible à la beauté des femmes. Encore un bienfait de la nature. L'image, à connotation biblique, du regard tendre d'une mère tourné vers son nouveau-né, l'émeut. Depuis toujours.

Il n'a jamais oublié la grande fratrie à laquelle il appartient.

Une famille est sacrée.

C'est un refuge vers lequel on revient sans cesse.

Sa famille, en particulier. Il en a été un pilier.

Tout au long de sa longue existence.

Roger ne l'a jamais oubliée…

DILEMMES

*L*e houp millénaire s'abat dans un craquement sinistre. Le tronc épais rebondit grâce à l'élasticité de son ample ramure, en percutant le sol. La terre tremble sous les pieds des hommes assistant à cette chute. Une véritable onde de choc! Devant ces deux morceaux séparés, la large souche amputée et l'immense tronc orphelin, Roger est atterré. Il a envie de prier, de se signer. Ce n'est pas le premier géant qu'il voit succomber sous la hache des bûcherons. Ces derniers mois ont été témoins d'une véritable hécatombe. Une saignée irréversible dans la forêt. Comment peut-on s'attaquer à ces arbres mythiques au nom d'un profit *imbécile*? Il se sent responsable de ce gâchis, même si ce n'est pas lui qui empoigne la cognée. Même si c'est son oncle qui dirige cette exploitation en pleine montagne. Cette obligation de compromis familial lui brise le cœur...

Son cœur... Après sa perte de connaissance lors de son accident de camion, Roger a été pris en main par un médecin dévoué qui a remis sa breloque en état de marche. Il est toujours tombé sur les bonnes personnes.

Deuxième guérison étonnante de rapidité, et nouvelle convalescence, puis rapprochement avec une de ses sœurs et, enfin, visite de ses parents pour le remonter dans tous les sens du terme. Guéri et conforté, il est donc reparti en famille à Poindimié. Cet accident n'a-t-il pas été un signal fort, un avertissement pour lui, ayant vécu seul, trop longtemps éloigné ?

Le métier de paysan n'étant plus rentable, le désordre s'est installé dans sa fratrie. Deux de ses frères se complaisent dans une oisiveté néfaste. Ils vivotent avec un minimum de pêche aux trocas dont ils boivent les maigres bénéfices, et paressent le reste du temps. Eugénie et Gaston souhaitent que Roger pallie cette situation.

Ce qu'il va faire avec courage et opiniâtreté.

Comme d'habitude.

Il a brûlé le bateau de pêche pour mettre un terme à leur misérable existence sans avenir. Très mécontents de la disparition de leur petit gagne-pain, les deux frangins ont, cependant, obéi à leur aîné. Le premier est retourné à son métier de boulanger. L'autre a appris la mécanique chez un garagiste. Sans discuter. Roger a tout planifié et payé l'apprentissage du futur mécano. Ayant été mis face à ses responsabilités, chacun est rentré dans le rang, à sa véritable place. De plus, les crédits des parents à la Société Havraise ont été soldés.

Plus de dettes !

À l'abri du besoin, sa famille va pouvoir faire quelques économies.

Mener une vie plus décente.

Enfin !

Pendant cette restructuration familiale, Roger a aidé ce fameux oncle, exploitant le bois dans les montagnes. Son expérience de chauffeur-convoyeur a fait merveille pour le transport des billes de bois. Grâce à un camion de l'armée déniché par ses soins et à des pistes, tracées au bulldozer, la compagnie forestière a pu approcher des endroits auparavant inaccessibles autrement qu'à pied. Le bois revendu à Nouméa pour l'ameublement et la grosse menuiserie a apporté une manne conséquente d'argent. Et son directeur d'oncle est tombé dans le piège du *toujours plus*, abattant des hectares de forêt sans discernement…

Roger tourne les talons, il ne veut plus voir d'arbre sacrifié comme celui-là. Écœuré, il décide de plier bagage. Cet appât du gain lui est insupportable. Il faut respecter la nature, ne prélever que ce dont on a besoin. Ouli le répétait sans cesse. Ce postulat, Roger en a fait sa devise. L'esprit du vieux Canaque flotte toujours au-dessus de lui. Couper n'importe quoi et en grande quantité est un sacrilège. Le différend avec son oncle est trop lourd.

Il monte dans son camion et redescend à vide.

Sa décision est irrévocable.

Il ne peut s'empêcher de penser à l'érosion industrielle de la terre et à tous les vestiges mélanésiens, détruits par la colonisation. Il se remémore le mur d'enceinte d'une tribu, très long et ouvragé de manière admirable par des sculptures, qui avait été rasé. Sans demander l'avis des propriétaires…

Exploitations forestières et minières ont beaucoup transformé le paysage calédonien. Tous azimuts, au détriment de l'environnement. À la fin du dix-neuvième et au vingtième siècle, on ne se préoccupait pas des blessures infligées à la terre.

Quel dommage !

Le sang mêlé coulant dans les veines de Roger ne sait dans quelle direction tourner.

Il est tiraillé entre respect…

Progrès…

Et bon sens !

Casse-croûte

*R*oger redescend après avoir siroté un café et avalé une petite collation. Il a profité de cet intermède pour déposer les oignons verts et les piments, rangés au fond du panier. Plus un beau bouquet pour Monique… Ne le mérite-t-elle pas, elle qui fait partie des plus belles fleurs de la Terre ?

Il ne redescend pas dans son jardin. Il va s'occuper des deux ou trois espaces verts communs de la copropriété. Pour cela, il s'est muni d'un petit sécateur. De minuscules endroits qu'il soigne comme son domaine. Avec amour. Tout le voisinage lui en sait gré. Tous le saluent, lors des entrées et sorties de l'immeuble.

Il va s'occuper du maigre triangle isolé, à l'entrée du parking de la résidence. Il y a planté des cactus se mêlant à un bougainvillier et à trois papayers. À son invite, certains copropriétaires se servent en fruits verts qui font d'excellentes salades. Il élague quelques branches donnant trop sur le trottoir. La douceur de ses gestes avec les plantes le fait ressembler à un artiste japonais cajolant des bonsaïs.

Il s'assied sur la murette. Ses yeux se plissent tandis qu'il observe un parterre de petites fleurs multicolores.

Au-dessus des minuscules corolles, des abeilles, dont la taille est adaptée à l'échelle des fleurettes, butinent dans un ballet aérien incessant.

On pourrait passer à côté sans les apercevoir. Même nombreuses, leurs bourdonnements sont discrets.

Pour elles, la pause casse-croûte est permanente.

Elles ne s'arrêtent jamais.

Le self-service de la nature est ouvert à toute heure.

Pour ceux qui regardent.

En prenant le temps…

Partie de chasse

Le grand mâle dévore des oranges sauvages. Il est vorace, passe d'une branche chargée à l'autre. Le plateau est couvert de ces arbres fruitiers qui font le délice des ruminants et, par conséquent, celui des chasseurs. Ils sont trois, dissimulés avec leurs fusils, dans ce verger naturel. Deux ont la cinquantaine. Le dernier est un jeune homme. Quelques cocos évidés à leurs pieds témoignent d'une pause pour se désaltérer, ils ne sont pas pressés.

De profil, le cerf a levé la tête une ou deux fois, faisant apparaître sa lourde ramure. Il mâche les agrumes sans inquiétude. Il n'est pas sous le vent.

À une trentaine de mètres, les trois broussards à l'affût admirent le spectacle. D'un geste, Roger, bien qu'étant le plus jeune, a intimé la patience à ses aînés. De fait, celui qui est en position avec sa Winchester prend son temps. Il vise en dessous du garrot de la bête. L'index sur la détente, il paraît hésiter. Mais comment résister devant un aussi beau spécimen ? Le dix-cors stoppe brusquement son masticage. Aux aguets. Du jus sucré dégouline de ses babines. Immobile, on le sent prêt à bondir hors de portée. Trop tard ! Le coup de feu claque. Touché en pleine poitrine, le grand mâle s'effondre.

Le soir s'étend sur la station. Le gibier a été dépecé et découpé dans les règles, sur le lieu de sa mort. Sinon, le convoyage aurait été impossible, même pour ces trois hommes robustes. Après cette longue journée de chasse, ils se reposent, fument en silence, boivent un coup ensemble. Bizarrement, alors que chasser les cervidés fait partie de leur quotidien, ils ont un curieux sentiment de culpabilité. Peut-être parce que ce grand mâle représentait une idée de la beauté et de la liberté. L'avoir privé brutalement de la vie leur semble, à cet instant, déplacé... La veillée se poursuit calmement lorsque Roger prend soudain la parole.

— Il se dit qu'il n'y a pas si longtemps, dans les tribus, on désignait un membre du clan pour rapporter de la viande. Si possible en quantité. Lorsque le chasseur revenait bredouille plusieurs fois de suite, on le mangeait... Il remplaçait le gibier. Une époque où la vie était rude, la survie du groupe passait par ces lois inflexibles. Pas de pitié pour les faibles, comme à Sparte...

Roger s'interrompt un moment. Le regard de ses compagnons, vaguement fuyant, trahit un malaise commun. Beaucoup de légendes ont couru sur les pratiques des Kanak avant la colonisation. Nul ne sait lesquelles sont véridiques. Roger se souvient pourtant d'une histoire que son père, Gaston, lui a transmise.

Une anecdote qu'il a tue longtemps, mais qui l'a toujours hanté.

— Un jour, mon père a assisté à une scène terrible. Il travaillait au débroussaillage d'un terrain près du creek. Il avait avec lui une paire de bœufs pour arracher des niaoulis, ce qui n'était pas une mince affaire. Une fois les arbres gênants déterrés, il fallait les découper à la main. Trempé de sueur après ce dur labeur, il faisait une pause lorsque le bruit d'une course sur la rive d'en face, accompagnée de cris gutturaux, l'a intrigué. Un Canaque, poursuivi par d'autres, très nombreux, courait comme un dératé. Un fuyard hors d'haleine et le regard fou. Tétanisé, mon père a assisté à sa capture. Piqué par une sagaie en plein milieu de la rivière, le gibier humain s'est effondré dans un nuage de sang. Ses poursuivants l'ont rejoint et l'ont de nouveau transpercé pour l'achever. Le tout n'a duré que quelques minutes. Effroyables pour le spectateur impuissant. Mon père m'a dit qu'il aurait volontiers sacrifié un de ses bœufs pour sauver ce malheureux. Il a toujours gardé en tête l'image du martyr, couvert de blessures, suspendu à un bois comme un trophée. Sans parler de la suite imaginée… l'horrible festin !

Roger se tait. S'efforçant à sourire pour détendre l'atmosphère, un de ses compagnons dit :

— J'ai bien fait de ne pas le louper… ce cerf.

Insensible à l'humour de son ami, Roger poursuit.

— Dans certains clans, des membres étaient destinés à servir de garde-manger au reste de la tribu. En cas de disette. La survie du groupe étant toujours primordiale.

Vu par la lorgnette européenne, l'anthropophagie ou, plus prosaïquement, le cannibalisme, est difficilement compréhensible, acceptable... Même en intégrant la notion du passage des qualités du *mangé* dans le corps du *mangeur*... Ouli a essayé de m'expliquer cela plusieurs fois avec ses mots à lui. Je dois dire que toutes les années passées à ses côtés m'ont enrichi... Concernant ces rites-là, pourtant, j'ai toujours eu un peu de mal...

Approuvant la dernière remarque, les deux autres sont perdus dans leurs pensées. Roger reprend après une courte pause.

— Pire encore, certains membres du clan qui avaient désobéi ou contredit le discours du chef le payaient de leur vie. Le sorcier réunissait les fautifs et en montrait certains du doigt : toi ! et toi ! Les hommes désignés étaient aussitôt abattus, sur place, sans discuter, par des bourreaux accompagnant ce juge impitoyable...

Après cela, plus personne n'ose plaisanter. Le silence revient. Les trois chasseurs méditent sur ce cruel rituel. En consommant le grand mâle, vont-ils acquérir son endurance et sa robustesse ?

Quelques minutes plus tard, le deuxième chasseur évoque le propos d'un GI débarqué en dix-neuf cent quarante-deux et rencontré au hasard dans un bar de Nouméa.

— Il m'a parlé d'un vieux film des années trente, en noir et blanc, intitulé *Les chasses du Comte... quelque chose*, un nom russe, je crois. Bref ! L'histoire se passait sur une île oubliée dans le Pacifique, après le naufrage d'un yacht. Pas loin de chez nous... Les rescapés étaient accueillis par un aristocrate, le fameux comte, vivant dans un château au milieu de l'île. Ce noble solitaire et décadent avait inventé une chasse particulière… à l'homme. Aidé par quelques domestiques dévoués, il était l'instigateur des naufrages en aiguillant les capitaines malchanceux sur des récifs, afin d'avoir toujours du gibier sous la main. Il sauvait et nourrissait les rescapés, dans un premier temps, pour les maintenir en forme, puis abattait son jeu en révélant son effroyable projet… Il accordait un peu d'avance au malheureux désigné comme futur trophée, puis donnait libre cours à sa cruauté en le traquant avec une meute de molosses affamés… Le GI m'avait aussi parlé du livre qui avait inspiré le film… une nouvelle, il disait *short story*… En anglais, c'était *The most dangerous game!* Un jeu de mots, *game* ayant deux sens possibles… on peut le traduire par *jeu* et aussi par *gibier*… Cette fiction terrible rejoint celle vécue par le père de Roger…

Nouvelle plage de silence. Plus personne n'a envie de parler. Même si deux d'entre eux voudraient bien connaître la fin du film…

La maîtresse de maison, qui a préparé un cuissot, sort sur la terrasse et les hèle gentiment. Elle les invite à se mettre à table. Ils ont bien mérité cette récompense. Les trois tournent la tête. Bien que la chair du cervidé, parfumée aux oranges, ait des promesses de saveur originale…

Ils tardent à se lever.

Ils n'ont plus vraiment faim…

Jeune femme

Et s'il allait jeter un coup d'œil au rez-de-jardin en dessous de son appartement? La propriétaire lui a demandé d'entretenir la pelouse et les haies, à ses moments perdus. Roger a sauté sur l'occasion, tant il aime s'occuper des plantes et des fleurs. Et puis, comment résister à une si charmante personne, une magnifique brune, élancée comme une liane, toujours souriante et habillée avec élégance? L'apercevoir en début de journée donne le moral. Quand leurs trajets se croisent de bonne heure, Roger se dit qu'après une telle rencontre matinale, il ne pourra rien lui arriver de fâcheux ce jour-là.

Il a toujours eu un faible pour la beauté en général, et celle des femmes en particulier... Lorsqu'il vaque dans son domaine, il a toujours sur lui un double de la clé du portillon donnant sur le rez-de-jardin.

En plus de quelques arbres fruitiers existants, il a ajouté, en guise de haie, tout un panel de plantes ornementales. Deux touffes impressionnantes de palmiers multipliants, des bougainvilliers de plusieurs couleurs, un arbuste dont les fleurs à corolle blanche délicate res-

semblent à celles du frangipanier, de l'aloe vera, des orchidées, des barbes sans fleurs et des racines aériennes qu'il fait courir comme des guirlandes de Noël.

Il commence à tailler des massifs. Il coupe peu, juste ce qu'il faut. Il veut toujours préserver le côté sauvage des plantes. Le jardin à la française, très peu pour lui. Dans l'espace vert de cette belle voisine, Roger songe à la première fois où il a vu Monique.

La femme de sa vie.

En 1961 à Poindimié.

C'était aussi sur une pelouse...

RENCONTRE

« Nous n'allons pas nous battre ! Nous sommes tous deux des adultes responsables qui ne veulent qu'une seule chose, le bonheur de cette femme. Je sais qu'elle vous aime et que, vous aussi, vous l'aimez. Profondément. Elle me l'a confié. Je sais également que vous serez pour elle le meilleur des compagnons. Donc, si elle veut vous suivre dès aujourd'hui… Je ne peux pas l'en empêcher ni m'interposer. »

Roger qui, quelques instants plus tôt était prêt à en découdre, est décontenancé par les propos de ce mari si compréhensif. Il apprécie sa grandeur d'âme. L'aéroport de La Tontouta prend des allures de cathédrale. Roger entendrait presque la marche nuptiale de Mendelssohn. Ce n'est pas lui qui est descendu de l'avion venant de Paris et, pourtant, il est sur un nuage…

Le bruit de la tondeuse, coupant ras le buffalo, résonne comme une douce musique aux oreilles de Roger. Quand on tombe amoureux, tout paraît mélodieux. Même un raclement mécanique de tondeuse à gazon. Il faut dire que celle-ci est maniée par une belle femme à la trentaine svelte. La première fois qu'il l'a aperçue, la révélation a été instantanée. Il a su, tout au fond de lui, que cette personne allait beaucoup compter pour le reste de sa vie. Un coup de foudre, entretenu à chacun de ses passages. Au cours desquels il prend l'allure du flâneur, afin de faire durer son plaisir… des yeux. Roger, en dehors de ses accidents, n'a jamais beaucoup fréquenté les médecins. Du dispensaire, il ne connaît que les alentours dont la fameuse pelouse toujours si bien entretenue. Grâce à cette femme. La femme du médecin…

Comme elle est très active et organisée, le dispensaire est un modèle de propreté. Roger, qui a toujours vécu dans des conditions frustes, est attiré par cela. Par son côté volontaire aussi. Et par l'aura qu'elle dégage, à chacune de ses promenades aux abords du dispensaire. Il a toujours pour elle un petit salut, un petit signe, une parole aimable échangée. Il prend n'importe quel prétexte pour croiser sa route et lui parler. Une relation se construit peu à peu. Le tressage régulier de petits liens affectifs forme une corde solide. La distance entre eux se réduit chaque jour. Chaque torsade les rapproche. Jusqu'à aboutir à un contact. Étroit !

Travaillant avec son oncle dans la filière bois, Roger ne pouvait la voir aussi souvent qu'il le souhaitait. D'ailleurs, sa démission de l'exploitation forestière est peut-être inconsciemment liée à l'envie de la côtoyer plus fréquemment. Roger habite à deux kilomètres du dispensaire, chez ses parents. Une maison construite avec sa fratrie et ses amis, la solidarité étant grande dans la région pour toutes les ethnies. Sa famille jouissant d'une bonne considération, tout le monde a mis la main à la truelle.

Monique et Roger s'apprécient de plus en plus. Ils échangent quelques mots, de petites conversations banales qui les remplissent d'aise. Puis des propos plus intimes. Il apprend qu'elle a déjà une petite fille, née d'un premier mariage. Veuve, elle a épousé le docteur en secondes noces.

Avant Monique, Roger n'avait jamais pu entretenir une liaison durable avec une femme. Célibataire endurci, il papillonnait, butinait, et ce, depuis ses quatorze ans. Il a toujours aimé les femmes, toutes les femmes, a eu beaucoup d'aventures, de passades, jamais rien de sérieux. Adolescent, il a connu des *popinées* de son âge. Sa vie nomade dans les montagnes prédisposait à ces rencontres charnelles. Puis, jeune adulte, il a bien profité, lors de ses virées en ville, de ce qu'on nomme *la bagatelle*. Il se doute qu'une dizaine d'enfants portent ses gènes. Des filles qui voulaient seulement un géniteur, et Roger a toujours été faible devant ces demandes et… la tentation de la chair. Bien que n'en ayant reconnu aucun, il en a revu et aidé quelques-uns, leurs mères aussi.

Depuis Monique, tout a changé…

Après les courtes conversations, ils cherchent à prolonger leurs entrevues, se croisent beaucoup sur la route entre Nouméa et Poindimié. Tout leur est prétexte pour passer un moment ensemble. Pique-niques dans le col des Roussettes, repas pris dans une gargote à Bourail. Leurs deux véhicules se trouvent souvent côte à côte et à l'arrêt. Comme eux.

Une pluie diluvienne va les lier encore plus. Roger la guide lors des inondations qui suivent. En confiance, elle remet sa vie entre ses mains expertes. Comme dans la chanson de Brassens « L'orage », les intempéries les ont rapprochés. *Le coin de parapluie est devenu coin de Paradis…*

Après la scène de l'aéroport, l'avenir ensemble. Cinquante ans de vie commune avec *une femme merveilleuse*. Roger aura attendu l'âge de trente-huit ans pour se marier. Il a bien fait de patienter, de mûrir sa décision pour trouver la bonne compagne. Ils n'ont pas eu d'enfants, il était un peu tard physiologiquement. Mais Roger a élevé la fille de Monique comme la sienne.

Ils n'ont jamais pu faire quelque chose ou prendre une décision sans se concerter. Avec les miracles qui ont suivi ses accidents, la rencontre avec Monique a été la quatrième naissance de Roger. Il est comme les chats auxquels on prête des vies multiples.

Elle et lui, deux moitiés d'orange, égarées comme dans la légende, qui se sont miraculeusement retrouvées.

Rappareillées.

Ils ont vécu un amour profond et réciproque.

Qui dure toujours.

Depuis !

COMMERCE

« Je vais faire des courses », l'avertit Monique par la fenêtre de la cuisine. Toujours à prendre soin de son compagnon, elle ajoute : « Ne tarde pas trop, il est temps de remonter, le soleil est haut… » D'un signe de tête, Roger acquiesce, mais pense traîner encore un peu. Encore quelques coups de sécateur, par-ci par-là. Il se sent en forme, aujourd'hui. Et puis, une si belle journée, il ne faut pas la gaspiller…

La corvée des courses n'appartient plus à son quotidien. Il ne conduit plus, à cause de sa vue. Et puis, il a eu son lot de kilomètres à parcourir et de provisions à transporter…

Après la mécanique, il avait tout voulu savoir du commerce. La chance d'une rencontre, encore, avec un employeur, possédant des magasins « où l'on trouvait de tout » et avec qui le courant était instantanément passé. Et qui cherchait un convoyeur, travailleur et sobre. Roger était cette perle rare qui avait appris tout ce qui concernait transport et gestion des marchandises. Des années de « roulage », pas pour du minerai, mais pour des denrées, épicerie et droguerie, en gros et au détail.

Cinq voyages par semaine sur des routes difficiles, le passage du bac de la Ouaième qui prenait du temps, une à deux tonnes déchargées et rangées dans l'ordre. Dur physiquement, et ce pendant presque sept ans. Une grande expérience…

Loin de la nature tout en la traversant sans arrêt. Des horaires à tenir, pas comme maintenant. Roger savoure chaque seconde qui passe.

Il a toujours aimé rêvasser…

Les narines envahies par les odeurs…

Le visage caressé par le vent…

Il ne fait plus commerce qu'avec la nature.

Cavalier seul

Col des Roussettes. Pas loin du sommet. Nuit noire. Les faisceaux des phares du camion *Berliet* balaient la route endormie. Les bras du chauffeur semblent manœuvrer le volant de manière automatique. Comme s'il y avait un radar sur le pare-chocs avant ou un copilote de rallye sur le siège passager, récitant avec précision tous les virages et pièges de la route à venir. Mais non. Roger est seul et sa mémoire visuelle, alliée à une grande habitude du trajet, lui suffit pour piloter en toute sécurité dans les lacets du col. Il doit quand même compter avec la fatigue. Rester vigilant et concentré n'est pas si facile. Car, depuis qu'il a fondé sa propre maison de colportage, il roule jour et nuit. Pour se maintenir en éveil, il remue les souvenirs, convoque des images agréables, parle à haute voix et chantonne, parfois. Il a désormais quarante ans…

Pour amorcer son affaire, il a bénéficié d'un prêt avantageux *à l'amitié*. Le camion coûtant le double, un emprunt bancaire a fait la jonction. Sa débrouillardise pour assembler le puzzle mécanique a, comme d'habitude, fait merveille : achat du châssis nu, fabrication de la benne sur place, récupération d'une bâche et d'arceaux trouvés sur une épave, réparés par ses soins. Pour rembourser crédit bancaire et prêt gracieux, il ne reste plus qu'à travailler à cadences forcées...

Les autres colporteurs déjà installés ne lui laissant que des miettes à convoyer, il a dû cogiter pour éviter la banqueroute avant d'avoir tout remboursé. La réponse, tombant sous le sens, a été de miser sur le stock des marchandises. Afin de pouvoir toujours alimenter les petits commerçants à toute heure, sans retourner à Nouméa à chaque fois. D'où des accords passés avec de gros fournisseurs de la capitale, payables à quatre-vingt-dix jours. Des hangars ont été construits à Poindimié où il y a de tout en grandes quantités : ciment, bois brut, bois usiné, verre, tôles, conserves, nourritures périssables, boissons. Pour répondre à la demande locale sans problème.

Des investissements dans de grosses glacières pour les sorbets, les sodas, le beurre, les fromages, et dans des congélateurs pour la viande ont suivi. Dans un troisième temps, acquisition d'un dock à Ducos pour permettre un va-et-vient par camion, jamais à vide. Roger n'a pas oublié ses racines et, par l'intermédiaire de maman Eugénie ayant un contact privilégié avec la population kanak, il a d'emblée pratiqué une vente en demi-gros avec les tribus.

Deux lieux de stockages distants, livraisons à l'aller comme au retour, personne n'avait pensé à pratiquer cette méthode avant.

Roger amorce la descente toujours périlleuse. Un ennui mécanique majeur — il en sait quelque chose — et adieu, veau, vache, cochon, couvée. C'est pourquoi son camion est toujours impeccable, moteur entretenu et révisé. Pour n'être jamais pris en défaut, pour que la clientèle soit toujours servie et plus soumise au passage du bateau et à ses aléas, Roger ne compte pas ses heures. Il a des rythmes de conduite infernaux. À l'horizon, il aperçoit les premières lueurs de l'aube. Encore une journée laborieuse qui s'annonce. Bien que fatigué, il jubile en pensant à sa cargaison. Toujours disponible pour fournir de tout, il est une espèce de centaure, faisant corps avec son camion…

La plupart des autres colporteurs, plus lents et moins fréquents — ceux-là mêmes qui n'avaient pas voulu partager — ont périclité. Leurs chauffeurs étant toujours en retard sur lui — beaucoup faisaient des pauses « alcoolisées » —, seuls quelques-uns ont résisté avec un petit volume d'affaires. Les autres ont dû vendre, et Roger a gagné de nouveaux clients… À la longue, dans ses hangars ouverts — heureux temps où personne ne volait —, il n'a stocké que ce qui se vendait à coup sûr. Aucun gaspillage, aucune perte.

Pour fidéliser les petits commerçants livrés le long du trajet, il leur a fait cadeau de frigos et de petits groupes électrogènes. Eux aussi ont pu stocker, à leur échelle, sans risque de pertes. Ils ont été tellement contents de ses cadeaux qu'ils ne se sont pas aperçus que Roger se remboursait en prenant une marge supplémentaire infime. La bosse du commerce, toujours…

Ses yeux rougis piquent vraiment trop. Roger décide de s'arrêter en abordant le littoral de la côte Est. Durant une heure, il va profiter de la couchette de son tout nouveau camion. Un investissement utile, non seulement pour le confort et le repos au cours de haltes, mais également pour n'être jamais pénalisé par une grosse panne immobilisant son outil de travail. À Poindimié, Mattéo, un fidèle Mélanésien à son service, le nettoie et le graisse régulièrement. Roger s'occupe de la partie moteur, en prenant l'aide d'un mécano nouméen — n'ayant pas d'horaires lui non plus — quand il n'a pas les outils appropriés pour des réparations trop importantes.

Un jour, il a dû réparer *en route*. À même le talus ! Monique l'avait rejoint en auto. Elle avait récupéré la pièce défectueuse et était redescendue dans la foulée à Nouméa. Échange contre une neuve et retour vers le camion immobilisé. Puis remontage sur place. Et tout cela en vingt-quatre heures…

Avec Monique pour bras droit à la comptabilité et à la paperasserie, au rangement et parfois au convoyage, ils ont gagné énormément d'argent. En travaillant très dur tous les deux.

Qu'aurait pensé de cette réussite son grand-père picard, Léon ? Lui qui avait initié un minuscule commerce avec les Indigènes dans sa propriété. Sûrement que son petit-fils Roger avait hérité de toutes les bonnes branches de la famille. Une recomposition très payante !

Roger ferme les yeux. Une heure de repos pour tout oublier. Faire le vide, recharger les accus. Et repartir du bon pied. Depuis qu'il se donne à fond dans sa société commerciale, il s'éloigne de sa vie d'avant, celle au plus près de la nature. Il navigue, en déséquilibre, entre le monde chiffré des affaires et le monde invisible du panthéisme.

Il sait aussi qu'à son réveil, il aura le plus beau panorama du monde devant lui. Le lagon, la végétation bordant les tribus, le ciel, l'horizon dégagé…

Sans doute la plus importante des richesses !

Trait d'union

Ça y est, Roger a fini de tailler les arbres du rez-de-jardin de la belle voisine. Il faudrait remonter, Monique étant revenue des courses. Bah ! Il a encore un petit moment devant lui. La main en écran protecteur, il lève le nez au ciel, d'un azur immaculé. Enfin presque, un jet a laissé une traînée blanche rectiligne. La netteté de la signature des réacteurs sur la toile bleue est telle que, malgré sa mauvaise vue, il peut en apprécier le tracé. C'est récent, car le trait est bien marqué et mince.

À cet instant, il envie les passagers en partance…

L'aisance financière venant, Roger et Monique ont sillonné la planète. Il songe à tous les avions qu'ils ont pris pour des vacances « découvertes ». Tous les fabuleux voyages à deux qui les ont enchantés. Le globe terrestre de l'école de ses dix ans est devenu concret. Une boule à la courbure immense sur laquelle il a atterri en de nombreux points. Tous ces beaux noms abstraits de capitales, qui faisaient rêver le jeune écolier, ont pris du volume, des couleurs et des senteurs.

Leur fille a, elle aussi, beaucoup voyagé lors de ses études valorisantes. Elle parle de nombreuses langues. D'où la fierté de son papa. Qui se souvient d'un voyage en Alsace pour aller la voir. Avec, à la clé, des châteaux, des vignobles, des rencontres, des routes inconnues, en campagne, qui mènent fatalement à des endroits merveilleux.

Le transport aérien, quelle liberté de circulation !

Bien sûr, quelques fois, la magie du voyage tourne court.

Des avions...

Tombent !

CRASH

Le petit monomoteur amorce un large virage à basse altitude. Le pilote n'hésite pas à frôler la falaise afin que ses deux passagers — une femme et un homme — savourent le contraste entre la roche brune, le vert de la cocoteraie en contrebas et le turquoise de la mer, étincelante au soleil. Ce moment béni est brutalement stoppé par une rafale de vent rabattant. Alors que le coucou va être plaqué contre la falaise, le pilote aguerri ne peut qu'opérer, en catastrophe, une manœuvre réflexe. L'écrasement sur la paroi est évité, sauf que le petit avion malmené se cabre avant de plonger vers la mer. Tirant désespérément sur le manche, le pilote rétablit l'assiette sans parvenir à reprendre de l'altitude. Le crash dans les flots est inévitable…

Assez loin, sur les hauteurs, attiré par le rugissement du moteur poussé à fond, un broussard assiste, impuissant, à l'accident. Il abandonne tout de suite son ouvrage et saute dans son pick-up. Il démarre à l'instant où l'avion percute la surface de l'eau. Il veut descendre sur le littoral le plus vite possible. Pour quoi faire ? Il n'en a encore aucune idée...

L'oiseau mécanique blessé flotte un court moment avec son hélice tordue et une aile complètement immergée. L'eau de mer s'engouffre dans le cockpit. Le pilote s'est rapidement détaché et libère de sa ceinture la passagère qui, choquée, n'a pas réagi. Le second passager coincé à l'arrière est inconscient. La carlingue s'emplissant d'eau se met à gîter dangereusement. L'aile encore visible se met à la verticale. Les secondes défilent vite. Le pilote s'extirpe enfin du sarcophage de métal, avec sa passagère, juste à temps. L'avion s'enfonce doucement tandis que les deux rescapés regagnent, tant bien que mal, le rivage à la nage. Le pilote, toujours admirable, porte littéralement la passagère à bout de force. L'avion est désormais au fond. Seuls un glouglou lugubre et des ondes concentriques attestent de sa disparition.

Quand le témoin du crash arrive, le drame est consommé. Les deux survivants sont au dispensaire pour soigner de petites contusions et se remettre du choc. La gendarmerie a prévenu les familles. On se résigne déjà à abandonner le corps du troisième passager, pris au piège par vingt mètres de fond. Le broussard, apprenant cela, fonce chez lui et rassemble son matériel de plongée. La mer appartient aux poissons et autres animaux marins. Pour lui, elle n'est en aucun cas un cimetière. Un humain doit avoir une tombe terrestre où se recueillir...

L'épave gît au fond depuis plus d'une heure lorsque, équipé, il arrive sur place. La première tentative s'avère infructueuse. Il a utilisé ses deux bouteilles simplement pour repérer l'avion et descendre à l'aplomb. Il a quand même eu le temps d'apercevoir le cadavre, bloqué à l'intérieur au milieu des tôles froissées. Il regagne la plage, prend du temps pour recharger ses bouteilles et repart pour une nouvelle plongée. C'est un entêté.

Lorsqu'il atteint la carlingue, il commence à redresser les tôles emprisonnant le malheureux, se fraie un passage du mieux qu'il peut et tranche la ceinture avec son couteau. Bien que libéré de ses liens, le corps reste bloqué dans le cockpit. Immergé depuis plusieurs heures maintenant, le noyé a, hélas, gonflé, et la tâche est beaucoup plus ardue. Que faire ? Il s'acharne et ne se décide pas à le laisser se faire dévorer par les poissons. Soudain, une idée morbide le traverse. Tel un chasseur sous-marin muni de sa flèche, il *pique* le mort, avec son couteau, afin de le dégonfler. Un geyser de bulles s'échappe du corps éventré. La manœuvre a réussi et il peut remonter à la surface avec son macabre fardeau…

Les hommes élevés dans la réalité de la brousse sont capables de gentillesse comme de dureté. De brutalité parfois. Capable de tuer le chien d'un voisin égaré sur sa propriété et capable de menacer de la même sanction son maître, venu aux explications. Ils n'ont peur de rien. Ni des revendicateurs fonciers en colère, ni de l'autorité quelle qu'elle soit. Ils ont une notion forte de la propriété privée. Gare à ceux qui seraient tentés d'outrepasser leurs ordres.

Exténué, il traîne la dépouille à la nage jusqu'au bord. Il se décapelle, puis traîne encore le malheureux sur plusieurs centaines de mètres. Il a un but. Un lieu de recueillement, connu de toute la commune. Une

chapelle en pleine nature. Une statue de la Vierge, éri-
gée dans une abside naturelle de rochers. Une fois le
défunt déposé au pied de la Sainte, il tombe à genoux,
baisse la tête.

Il prie.

Il est comme tous les hommes.

Capable du pire…

Comme du meilleur.

Amen !

PRÉNOMS

À côté de l'entrée du bâtiment B, un autre bout de végétation. Entretenu par Roger avec amour, comme il se doit. La surface est ténue. Il l'a cependant remplie en mêlant différentes plantes grimpantes à un arbre. On peut y voir une liane de vanille. Cet arbre n'arrête pas de grandir et a atteint le premier étage. Il produit de magnifiques fleurs blanches, imitant la corolle de celles du frangipanier que l'on retrouve souvent dans la chevelure des femmes océaniennes. Après un vent soutenu en journée, le sol en est tapissé. Un tapis blanc fragile qui mène à l'entrée du bâtiment B et qui sèche rapidement. Jusqu'à la nouvelle couche du lendemain.

Roger y a également fait grimper un bougainvillier mauve en spirale. Il attend la future guirlande avec impatience.

Il caresse le tronc, sa main file jusqu'aux racines qui s'enfoncent dans le sol. Peut-être la partie la plus importante de l'arbre, bien que cachée.

Jeune, dans sa période nomade et montagnarde, il se souvient d'avoir consommé la sève du « maniana », en farine. Tirée de ses racines, justement. Pleines de calcium, elles s'avéraient excellentes pour la robustesse des os. Il faudrait sans doute qu'il en consomme à nouveau, en grandes quantités…

Il sent que Monique s'impatiente. Il ne va plus tarder. Encore cinq minutes. Roger prolonge l'échéance, comme un enfant refusant d'abandonner son jouet. L'enfant libre de brousse qu'il est resté.

Le prénom de sa tendre moitié lui rappelle celui du bateau martyr. La Monique. Comme quoi, chaque chose, chaque nom, présente toujours deux faces opposées. Comme le dieu Janus.

Monique est le symbole d'une union heureuse.

C'est aussi celui d'un traumatisme calédonien…

Indélébile !

Naufrage

Le caboteur *La Monique*, construit en 1946 en Nouvelle-Zélande pour l'US Navy, a disparu inexplicablement dans la nuit du 31 juillet au 1er août 1953, entre Tadine — dans l'île de Maré — et Nouméa. Une houle plus forte que prévu a fait chavirer le navire qui a rapidement coulé. Il y avait à bord 108 passagers et 18 hommes d'équipage. Le bateau avait pour habitude de naviguer en surcharge. L'enquête menée à l'époque a conclu que *cette erreur devenue routinière* était la cause du naufrage. Son épave n'a jamais été retrouvée. Les recherches menées en bateau et en avion n'ont permis de récupérer qu'une bouée de sauvetage et un fût provenant du navire.

Voici pour le fait divers brut.

Pour Roger, fortement secoué comme tous les Calédoniens par ce deuil collectif, la vérité est ailleurs. Il a une autre version. Une autre théorie. On sait que le bateau en surcharge était arrivé à mi-chemin de son trajet — le dernier message radio capté précisait que Maré et la Grande-Terre étaient visibles, en même temps. Si les secours et les différentes missions de recherche, depuis plus de soixante ans, n'ont rien trouvé de probant en ayant prospecté le long de cette route sud, c'est qu'il faut chercher ailleurs.

Pour Roger et une partie de sa fratrie, une vague de tsunami avec un courant très fort par le travers — la marée était montante avec un fort coefficient d'équinoxe — a couché le caboteur sur le flanc. Ce phénomène météo étant, sans doute, allié à des problèmes de moteur... Puis, le courant le long de ce couloir/chenal l'aurait définitivement chaviré entre Thio et Canala. Ce même courant lui a sûrement fait remonter des kilomètres encore le long de ce chenal, longeant la côte Est. Courant de marée que Roger et ses frères ressentaient, lors de plongées, au large de Poindimié. Son amplitude pouvait découvrir le récif, puis, très rapidement, lécher le tronc des cocotiers.

Un jour, en plongeant pour pêcher les trocas au cap Bayes, ses deux frères avaient retrouvé des centaines de sacs de coprah et des bâches au nom de *La Monique*. Pour eux, c'est ce fameux courant qui les avait entraînés si loin — vers l'îlot Bayes en face de la tribu du même nom. À dix mètres de profondeur, ils avaient récupéré le tiers des sacs — environ deux cents, accrochés sur le tombant du récif avec les bâches.

Comme ses frères avaient revendu le coprah, ils n'avaient donc rien dit aux gendarmes. C'était aussi une époque où radio et téléphone étaient inexistants dans la commune. Ce sont les seuls témoins, car, lors du naufrage, Roger n'était pas à Poindimié. Il n'avait eu leur confession qu'un an plus tard.

L'épave doit être à une grande profondeur — 150 mètres peut-être — et, de fait, très difficile à déceler. Le courant est infernal à cet endroit, à marée montante. Pour preuve, des graines d'arbres de l'île des Pins sont entraînées et vont pousser le long de la côte Est.

Pour retrouver l'épave de *La Monique*, il faudrait partir du cap Bayes, prendre la petite passe près de l'îlot Bayes, et sortir du récif. Puis, faire le trajet en sens inverse, en sens contraire du courant…

On a toujours pris Roger pour un illuminé.

Son hypothèse ne convainc personne.

Et le mystère demeure…

OBSCURITÉ

Roger ne se lasse pas d'admirer la danse des rais du soleil balayant le bougainvillier.

Le soleil et sa lumière gratuitement dispensée ont toujours eu sa préférence. De fait, l'astre du jour lui a toujours dicté son emploi du temps. Levé avec lui — et même un peu avant pour apprécier le changement de couleurs du ciel — et le plus souvent couché avec son extinction. En brousse, les journées bien remplies et le travail dehors invitent à se coucher comme les poules et à se réveiller au premier chant du coq.

La journée solaire lui a épargné l'achat de montres. À quoi bon s'encombrer le poignet d'une chose fragile, alors que les ombres témoignent si précisément des heures qui passent ?

Profiter à fond de la journée solaire est devenu une habitude, un rituel. « Le monde appartient à ceux qui se lèvent tôt », serine l'ancien proverbe. Faisant référence à la nécessité d'être matinal pour mener à bien les travaux de la terre, notamment.

Mais pas seulement! Se lever tôt permet de ne pas rentrer bredouille, ni de la pêche ni de la chasse. Ces loisirs toujours nécessaires pour mieux vivre, dans certaines couches sociales, s'agrémentent d'un plaisir visuel constamment renouvelé. Chaque paysage devient multiple suivant la saison et l'heure, chaque couleur se décline en une foule de nuances, chaque jour est à goûter différemment...

Roger prise également la fin du jour, le coucher d'un soleil plongeant dans l'horizon du lagon. Même avec sa vue déclinante.

Le crépuscule le rend toujours un peu triste. Et la nuit encore plus!

Il n'a jamais ressenti le moindre attrait pour l'obscurité...

Nuit blanche

Quelle heure est-il? Tu tâtes en direction de la table de chevet pour attraper tes lunettes lorsque les chiffres lumineux du réveil t'apparaissent très nets : *3:00*. Encore une insomnie! Tu as toujours eu horreur de ça. On commence à gamberger, on n'arrête pas de se tourner dans le lit, les minutes s'étirent au ralenti. Au matin, on se lève fatigué…

Évidemment, juste à tes côtés, on ne se prive pas de dormir avec un souffle régulier, apaisé. Tu ne veux pas perturber le sommeil de ta moitié en remuant de gauche à droite et, encore moins, la réveiller complètement. De plus, il fait chaud. Tu rabats le drap et te lèves. Tu refermes la porte de la chambre sans bruit. Curieusement, tu n'entends rien, pas même tes pas dans le couloir.

De la terrasse, tu jettes un coup d'œil sur la vallée des Colons dominée par un ciel incroyablement clair. Comme lors d'une pleine lune dont tu cherches le disque sans l'apercevoir. Elle doit être de l'autre côté de l'immeuble. Une envie de sortir te prend. Tu notes que tu es déjà habillé. Tu sors et, en un éclair, te retrouves au seuil de ton domaine. Tes genoux ne te font pas souffrir. Tu dévales la pente comme un cabri et tu en rigoles. Tu passes en revue les plants de café et de thé, les arbres fruitiers, les herbes aromatiques et ton potager. Tous les contours de la flore sont découpés, comme éclairés par un projecteur… que tu ne vois nulle part. Le fond du jardinet s'épaissit. Tu devrais être arrêté par un grillage, mais il n'existe plus.

Et soudain, tu es à l'orée d'une forêt.

Ta forêt. Celle qui a bercé ton enfance, ton adolescence et ta jeunesse. Là-haut, perchée à flanc de montagne, sur la côte Est. Tu devines tous les détails du sentier qui s'ouvre devant toi. Tu reconnais tous les arbres, toutes les plantes, toutes les fleurs, tant la luminosité est forte. Un éclat de lune pareil, tu n'en as jamais vu. Une vraie nuit blanche ! Le son s'est enfin installé dans tes tympans. Tu jubiles, car tu entends distinctement tous les bruits de la nature. Comme si tu avais des écouteurs de professionnel sur les oreilles.

Le chemin se met à monter doucement et ton corps est de plus en plus léger. Tes pieds nus touchent à peine le sol, tu recouvres ta souplesse et ton endurance perdues.

D'un coup, les arbres disparaissent et te voilà au sommet d'une colline rase. Tu es le maître du monde, en opérant une rotation complète. Non seulement tu distingues tout en contrebas, mais, en accommodant, tes yeux deviennent des jumelles performantes. Une modeste ferme attire ton regard télescopique. Tes aïeux picards, assis sur leur terrasse, se tiennent la main tandis qu'un jeune garçon amorce un pilou endiablé sous leurs yeux. De l'autre côté de la vallée, de petits écoliers s'égayent en une récréation bruyante sous l'œil sévère d'une institutrice. À quelques encablures, toute une famille métissée s'agite pour reconstruire leur station endommagée. Encore plus loin, une jeune femme séduisante passe une tondeuse à gazon autour d'un bâtiment dont un mur est marqué d'une croix rouge. Tu les connais tous, ils comptent tous tellement pour toi.

Tu redescends de ton poste de vigie et t'enfonces à nouveau dans la forêt dense. Tu notes tous les cris d'oiseaux, tu les imites tout en froissant des feuilles pour les humer.

Arène calme trouant le taillis, une petite clairière dessine un cercle herbeux sur lequel tu t'engages. Tes yeux s'embuent de joie. Ton cheval et ton chien t'y attendent au milieu, côte à côte. Ils évoluent en toute liberté. *Billet* n'est pas attaché, il n'a ni harnais ni selle. Ton chien accourt vers toi avec des jappements joyeux. Tu le caresses et roules avec lui dans l'herbe. Puis tu te diriges vers ton cheval qui patiente en t'enveloppant de son doux regard. Tu lui flattes l'encolure longuement. Tu voudrais prolonger ce moment, mais il te faut poursuivre ton périple.

Tu les quittes et t'éloignes, sentant leurs prunelles insistantes sur ton dos. Tu te retournes et ils ont disparu. Tu n'es pas triste, car le chant du creek, non loin, t'attire. Soudain, l'eau courante est à tes pieds, miroitante dans cette lumière quasiment divine.

Tu fouilles entre des plantes aquatiques poussant au bord de l'eau. Tu en sors un tamioc et une antique marmite dont l'extérieur est culotté par le feu et l'intérieur par les cuissons. Les ustensiles de ton mentor. Tu n'as pas eu à chercher longtemps, ils t'attendaient eux aussi.

Tu les remets en place et continues ta route. La sente devient plus raide, tu sais exactement quelle sera la prochaine étape. Le jardin en déclivité de ton guide. Celui où, pendant des décennies, il a planté les tubercules sacrés. Grâce à son orientation, tu le repères tout de suite. Bien que la barrière symbolique faite de feuilles de cocotiers tressées ait disparu. La tête du terrain est toujours dirigée vers la pente montagneuse tandis que l'autre extrémité regarde vers la mer. Portion marine dominée par un bois-de-fer dont les branches n'abritent plus de bouts de tissus. Au pied de l'arbre, tu devines la cordyline et les pierres recouvertes de terre. Chagriné, tu constates l'abandon de ce lopin et son envahissement par les herbes folles…

Il ne faut pas t'arrêter, tu dois continuer, atteindre ton but. Et soudain, l'entrée de la grotte est devant toi. Immense !

Tu remarques immédiatement l'emplacement de trois sépultures et des trois momies reposant sur leurs amoncellements de pierres plates. Comme endormies sur leur autel respectif. Celle du grand chef, celle du sorcier et celle du vieux qui t'a tout appris, tout révélé…

Tu t'approches pour t'asseoir au bord des lits de pierre. Tu t'aperçois que tu as oublié d'apporter un morceau d'igname en offrande. Tu ne peux pas rester dans ces conditions. Tu te retournes et tu les vois. Tous les trois !

Tu as reconnu le chef, le sorcier et Ouli, bien sûr. Le seul que tu aies connu vivant. Ils sont nus et en armes. Chacun a un casse-tête en bec d'oiseau et une sagaie.

Chaque visage est surmonté d'un couvre-chef en hauteur, les rendant plus imposants. Ni bout de tissu ni morceau de métal. Leurs seuls ornements sont à base de bois et de végétal. Ils ont des regards bienveillants, quoique pénétrants.

Tu es une statue, faite du sel de la vie et de sa saveur.

Ouli te sourit enfin. Il vient vers toi. Comme tu es émerveillé par son apparition ! Il stoppe devant toi et murmure.

« Nous t'attendons ! »

Il pose avec douceur sa main sur ton épaule…

Ce contact réveille Roger. Il est dans son lit et Monique a sa main affectueusement posée sur son épaule.

« Qu'est-ce ce que tu as ? Tu n'arrêtes pas de remuer depuis une demi-heure… »

Roger sourit, caresse la main protectrice et se lève. Ses articulations le rappellent à la dure réalité. Les chiffres du réveil sont flous comme tous les matins et les paroles de Monique ont été étouffées par la ouate de sa surdité. Son corps vieillissant est sans pitié.

Décidément, ce rêve récurrent progresse à chaque fois. Il y a quelques années, il s'arrêtait souvent dans la clairière où s'ébattent ses amis à quatre pattes. Puis, il y a eu une longue série avec l'épisode du creek comme butoir. Plus récemment, son onirisme l'a conduit plus en avant au terrain d'Ouli…

Et, cette nuit, son rêve l'a mené dans la grotte.

Roger sait que, bientôt, il en verra la fin.

Aujourd'hui

Le jardin en contrebas de la copropriété va être abandonné. Roger est résolu à récolter les derniers produits de son domaine, à cueillir les derniers bouquets. Et à laisser en friche. Les jardiniers professionnels, employés par le syndic, prendront la relève. Sans y projeter ses sentiments, sans prendre le temps de communiquer, sans son souci de perfection, bien sûr !

C'est une promesse faite à Monique. Elle ne veut plus qu'il se fatigue à l'excès. Elle craint, surtout, une chute dans la pente. Elle lui accorde encore les miniparcelles communes, autour du bâtiment et au niveau du parking. Sentant bien qu'il peut difficilement se passer de toucher plantes et fleurs.

Pour Roger, le temps est précieux. Il file toujours trop vite, à son âge. Son credo est « ici et maintenant ». L'instant présent doit être une fête, chaque seconde grappillée doit être utilisée, une feuille qui s'agite dans la brise, les mouvements de tête et de bec d'une perruche qui picore un fruit, un papillon virevoltant, des nuages jouant avec le soleil, un bonjour susurré… Tout est bon à s'émerveiller.

Vers la rivière Tchamba, il y a un endroit qui l'a toujours fasciné. Un trou très profond, cent soixante-dix mètres environ. C'est une résurgence d'eau douce.

Quelquefois, il se plaît à imaginer que ce passage est magique. Une renaissance. Comme il aimerait y plonger, se laisser couler et taper du talon une fois au fond !

Pour remonter et émerger plus jeune et fringant que jamais.

L'eau, c'est la vie !

Eau vive

Roger se souvient d'avoir toujours abusé de l'eau. Beaucoup. Fraîche à la source. En grande quantité, pour se désaltérer, se baigner, s'y tremper, se régénérer. D'avoir refusé pendant longtemps de consommer de l'alcool. Ce n'est que tard qu'il a goûté au whisky. Toujours avec parcimonie.

Il se souvient d'avoir trempé, encore plus tard, ses lèvres dans un verre rempli d'un grand cru. Et d'avoir trouvé cela agréable. À l'occasion d'un voyage en Allemagne. Des souvenirs de vallées, de ceps, de dégustation…

Il se souvient, quand même, que beaucoup de ses plaisirs sont liés à l'élément aquatique…

Il se souvient d'un énorme rocher de plusieurs tonnes, sur la Tchamba, que le courant avait charrié et qui s'était arrêté au milieu de la rivière. La pente n'étant plus assez forte pour qu'il continue sa course, un autre affluent l'ayant bloqué avec un courant contraire.

Il se souvient que, sur cet énorme bloc endormi, il y avait des dessins taillés dans la roche dure : des oiseaux, des animaux terrestres, des géosymboles…

Il se souvient d'un arbre très haut. Un manguier d'une trentaine de mètres qu'on nommait « le peigne des roussettes », car elles avaient pris l'habitude de se calfeutrer dans le feuillage pour s'y nettoyer, les jours de pluie. Une douche naturelle…

Il se souvient qu'elles avaient aussi un coin où elles venaient se rafraîchir et se désaltérer, à midi. C'était au bas d'une chute d'eau de cinquante mètres, en pleine forêt, qui soulevait une brume permanente de gouttelettes.

Il se souvient qu'à cet endroit, sûrs de leur coup, les Mélanésiens venaient chasser ces chiroptères. Ils n'en prélevaient que quelques-uns, juste ce qu'il fallait, pas de gaspillage inutile comme aujourd'hui. Ils avaient la même attitude envers les poissons...

Il se souvient, avec l'aide du maire de Poindimié, d'avoir nettoyé l'embouchure de la rivière. D'avoir enlevé une antique passerelle effondrée qui rouillait. D'avoir fait retirer de vieilles carcasses de voitures et de camions qui pourrissaient sur les berges…

Il se souvient d'avoir raclé le fond du lit afin de récupérer des galets pour l'empierrement des routes.

Il se souvient d'avoir planté des arbres sur les rives. Des banians, entre autres.

Il se souvient de ses plongées dans l'océan, de ses chasses sous-marines, de ce monde magique où les gestes et mouvements sont si doux…

Il se souvient d'avoir aimé l'eau douce autant que l'eau salée.

Il se souvient d'avoir appris aux fils des gendarmes à pêcher les sardines à la senne.

Il se souvient que les poissons étaient revenus…

Et les touristes aussi.

MOLUQUE

Il n'est pas loin de midi, il est temps de remonter chez lui. Roger a repéré le manège de Monique l'observant plusieurs fois de suite à l'étage. Il sait qu'elle s'impatiente et ne veut pas la froisser. Juste avant de franchir la porte d'entrée, il aperçoit un merle moluque. Encore un déraciné qui a fait sa place ici. Un oiseau importé de loin, et désormais familier. Presque une icône calédonienne, derrière l'indétrônable cagou. Même s'il a la réputation d'être braillard et bagarreur. C'est peut-être ce qui plaît aux broussards, ce côté « mal élevé et libertaire ».

Roger n'a jamais été déçu par les animaux, qu'ils soient domestiques, de la ferme ou sauvages. Il a toujours en tête le chien de sa mère qui s'est laissé mourir de chagrin sur la tombe de sa maîtresse. L'animal ne triche pas...

C'est pourquoi il s'approche. Pas farouche, le volatile sautille sur place en l'attendant. Il remarque, amusé, que les pattes de l'oiseau sont tachées de peinture blanche, alors que son surnom calédonien est « pattes jaunes »...

Il fouille dans la poche de son short et trouve quelques miettes de pain. Il les répand devant le merle. L'oiseau s'approche à son tour, en sifflotant. Roger arrondit ses lèvres pour lui répondre, engageant un dialogue. Il se plaît à imaginer les propos de l'oiseau — « Oui, c'est de la peinture que tu vois sur mes pattes… car je suis peintre… nous sommes tous peintres, nous les oiseaux… une armée de peintres… pour redonner des couleurs naturelles à ce pays ! »

Le vieil homme se marre, il est d'accord. Comme il l'a toujours entendu depuis sa tendre enfance, il sait que la vérité sort du bec, de la gueule, du museau, du groin des animaux.

Il faut toujours écouter les chants, les cris et les bruissements de la nature.

Parole d'oiseau !

Table des matières

**Découvrez les autres ouvrages
de notre catalogue !**

http://www.editions-humanis.com

Luc Deborde

Éditions Humanis

BP 32059 – 98 897 Nouméa

Nouvelle-Calédonie

Mail : luc@editions-humanis.com

www.ingramcontent.com/pod-product-compliance
Lightning Source LLC
Chambersburg PA
CBHW031735150726

47989CB00006B/2466